Brigitte Lebioda

Coole Socken

Februar

1. Auflage 2012

Band 2 aus der Reihe „Coole Socken. 366 zusammenhängende Gutenachtgeschichten für jeden Tag des Jahres“

Illustrationen: Ralf Leimgruber

Umschlaglayout: Ralf Leimgruber, Günter Hartmann, vierpunkt Grafik-Design

Innenlayout: Igor Bubel

Druck: AZ Druck und Datentechnik GmbH, Kempten

Printed in Germany

Homepage: www.sofa-verlag.de

ISBN 978-3-940296-41-2

Die Autorin stellt sich und ihre Bücher vor

An einem der sonnigsten Tage des Jahres 1952 durfte ich das Licht der Welt erblicken und dieser Sonnenschein hat mich auf all meinen Wegen begleitet.

Meine berufliche Laufbahn führte mich aufs große weite Meer hinaus. Jedoch, es kam die Zeit, da ich in der Familie gebraucht wurde, und so kehrte ich nach Hause zurück. Für mich gab es nichts Schöneres, als für meine betagten Eltern und die Enkelkinder da zu sein. Allerdings füllte mich das nicht ganz aus. Fünf Jahre lang habe ich mich auf den Hosenboden gesetzt, um 366 lehrreiche, vor allem aber lustige Gutenachtgeschichten zu Papier zu bringen. Denn den Sonnenschein, der in mir steckt, möchte ich gerne weitergeben an dich ... und dich ... und dich, natürlich auch an diejenigen, die in diesem Moment in meinen Büchern blättern!

Meine 366 zusammenhängenden Gutenachtgeschichten erwecken Lust, zu toben und Streiche auszuhecken. Ganz bewusst habe ich Computer, Fernseher und Co. etwas an den Rand gedrängt und auf die Darstellung von Brutalität ganz verzichtet.

Die zentrale Rolle in meinen Geschichten spielen die „Coolen Socken“ – eine Bande! Wo immer die Truppe auftaucht, rockt der Bär. Wenn dann auch noch der 80-jährige Onkel Wilhelm mitmischt, überschlagen sich die Ereignisse. Der alte Herr zeigt den Lesern sehr anschaulich, dass auch Senioren gut drauf sind und viel, viel Spaß verstehen. Der Haudegen bildet somit die so wichtige Brücke zwischen Jung und Alt.

In den Kindermärchen wird anhand von lustigen Beispielen erklärt:

- Wie verhalte ich mich bei Feuer?
- Wie ernähre ich mich richtig?
- Wie gehe ich mit unzugänglichen Kameraden um?
- Wie reagiere ich in gefährlichen Situationen?

Auch wird dem Zahnarztbesuch und dem Krankenhausaufenthalt der größte Schrecken genommen, um nur ein paar Punkte zu nennen. Aber keine Angst. Die zwölf Bände sind absolut keine Lehrbücher, Gaudi und Spannung pur stehen an oberster Stelle. „Zurück zum Natürlichen“ lautet meine Devise. Besinnen wir uns wieder auf Althergebrachtes!

Inhalt

Post ist eingetroffen

Nach diesem kuriosen Hochzeits-Wirrwarr ging das Leben der kleinen Familie bald wieder zum Alltag über. Es gab viel zu tun und so geriet die Pleite mehr und mehr in Vergessenheit. Alles schien schon wieder in geordneten Bahnen zu verlaufen, da flatterte die nächste Überraschung ins Haus.

Ein sehr ungewöhnlicher Brief lag zwischen der alltäglichen Post. Er fiel allein schon durch sein Format auf. Er war nämlich dreieckig. Seine silberne Farbe wirkte ungemein edel. Die Anschrift war schwungvoll von Hand geschrieben, selbstverständlich mit Tinte. So oft Vati den Brief auch hin- und herdrehte, einen Absender konnte er nicht finden. Deshalb blieb ihm nichts anderes übrig, als das Schmuckstück ganz behutsam zu öffnen.

„Großer Gott, ich bekomme die goldene Ehrennadel der Stadt verliehen!“, verkündete er fassungslos.

Mutti fiel schier in Ohnmacht. „Das ist ja die höchste Auszeichnung, die ein Bürgermeister vergeben kann. Lass mal sehen.“
Vati reichte ihr den Brief. Tatsächlich, der Chef des Rathauses lud höchstpersönlich zu diesem Festakt ein. Die Feier war auf den 2. Februar angesetzt.

Herauszufinden, warum der Brief erst einen Tag vor der Verleihung eintraf, wäre Zeitverschwendung gewesen, denn Eile war geboten. Mutti ließ alles stehen und liegen. Jetzt war Organisationstalent gefragt. Zuerst fixierte sie einen Termin beim Friseur, dann stellte sie den Kleiderschrank auf den Kopf und entschied sich letztendlich für ein schwarzes Abendkleid. Es war ganz schlicht gehalten. Vielleicht zu schlicht. Spontan griff sie zu Nadel und Faden und stichelte eine riesengroße knallrote Mohnblüte auf das Kleid. Mutti war äußerst geschickt in solchen Dingen und so konnte sich das Ergebnis sehen lassen.
Robert und Eugen mussten, wenn auch widerwillig, ihre grauen Flanellhosen anprobieren. Bei Eugen gabs nichts zu meckern. Robert hingegen war in den letzten Monaten derart in die Höhe geschossen, dass die Hosenbeine empfindlich zu kurz geworden waren. Ihm passte das in den Kram. Da auch er den Coolen Socken angehörte, konnte er deren Erkennungszeichen „CS“ in diesen Hochwasserhosen lässig präsentieren. Selbst Mutti gelang es nicht, ihren Sohnemann davon abzuhalten, eine Hose

zu wählen, aus der er eigentlich herausgewachsen war. Weil für die Kleinsten in der Regel solche Veranstaltungen stinklangweilig sind, wollte Mutti Annemarie für den Abend zu Wilhelm bringen.

Am darauffolgenden Tag gings drunter und drüber. Gegen Mittag gönnte sich Merrit eine kurze Pause. Sie setzte sich zu Annemarie an den Tisch, die mit ihren Legoklötzchen spielte. Hatte sie wirklich an alles gedacht? Sie ging noch mal Punkt für Punkt durch.
Mit traurigen Augen fragte Annemarie: „Die Lichtmessfeier, fällt die heuer ins Wasser?“
„Nein, mein Schatz, Vati hat alles umgemodelt und die Gäste informiert, dass dieses Spektakel ausnahmsweise ein paar Tage später stattfinden wird. Wir können am 2. Februar ja nicht auf zwei Hochzeiten gleichzeitig tanzen.“ Die kleine Maus strahlte übers ganze Gesicht.
Merrit warf einen Blick auf ihre Armbanduhr. So langsam wurde es Zeit, ins Städtchen zu düsen.

Auf dem Weg zum Friseur gab Kartoffelpuffer eigenartige Geräusche von sich. Geräusche, die Merrit stark beunruhigten. Zu dem alltäglichen Puff-Puff gesellte sich ein Rumps-Rumps.
„Na, das kann ja heiter werden, ausgerechnet heute!“, tobte Mutti.

Da der Friseur sich mit Motorengeräuschen nicht so recht auskannte, konnte er ihr nicht weiterhelfen. Mit Hochsteckfrisuren allerdings kannte er sich schon besser aus. Die Frisur, die er Merrit verpasste, verwandelte sie in eine Königin.
Sie saß bereits wieder im Wagen, als ihr der Friseur nachrannte und ausposaunte: „Wissen Sie schon das Neueste?"
Mutti schüttelte den Kopf.
„Albertina kocht jetzt im Kloster, da passt sie auch besser hin. Die Nonnen würdigen wenigsten ihre gesunde Kost."
Mutti nickte und startete den Wagen. Irgendwie war sie beruhigt, dass auch Albertina noch ihre Lebensaufgabe gefunden hatte.

Auf dem Rückweg verschlechterte sich der Zustand von Kartoffelpuffer nicht merklich, allerdings wurde er auch nicht besser. Daheim informierte Mutti Eugen unverzüglich. Der Retter in der Not wollte daraufhin wissen, ob es nun gerumpst oder gebumst oder sonstige Auffälligkeiten gegeben hat.
Weil Mutti sich nicht sicher war, ob es gerumpst oder gebumst hat, stand auch Eugen vor einem Rätsel. Um keine Zeit zu verlieren, krempelte er sich spontan die Ärmel hoch und öffnete die Motorhaube. Mutti hingegen schlüpfte in ihr Abendkleid, vergewisserte sich, dass auch Vati und Robert zurechtkamen und kramte für Annemarie auf die Schnelle ein paar Spielsachen zusammen.

„Wir können!“, verkündete sie und drehte sich ein letztes Mal vor dem Spiegel hin und her.
Wo steckte Eugen eigentlich? Der lag noch seelenruhig unter Kartoffelpuffer.
„Keine Panik, bin gleich so weit. Ich glaub, ich habs gefunden!“
Mutti wurde fuchsteufelswild. „Willst du so ölverschmiert an der Feier teilnehmen? Hast du mal in den Spiegel geschaut? Wie soll ich dich jetzt bloß so schnell sauber kriegen?“
Vati fand wie immer eine praktische Lösung. „Wasch dir kurz Gesicht und Hände, die anderen Körperteile sieht man ja nicht auf den ersten Blick. Und schau, dass du in die Klamotten kommst. Morgen landest du dann in der Badewanne.“

Onkel Wilhelm ist ein guter Babysitter

Schon während der Fahrt tat es Mutti mächtig leid, dass sie vorhin mit Eugen so hart ins Gericht gegangen war. Schließlich hatte er die ganze Veranstaltung gerettet. Ihm war es zu verdanken, dass Kartoffelpuffer nicht im entscheidenden Moment schlappmachte. So wie Kinder lernen müssen, sich zu entschuldigen, so müssen auch die Erwachsenen lernen, einen Fehler einzugestehen, das war Merrit klar. Deshalb bat sie ihren zu Unrecht gemaßregelten Sohn um Verzeihung.

Auf der Strecke sprach Vati kein Wort. In Gedanken ging er nochmals seine Festrede durch. Eugen machte sich über Roberts viel zu kurze Hose lustig und Annemarie quengelte, dass sie jetzt doch mit ins Rathaus wolle. Ihre Lieblingspizza, die Wilhelm extra besorgt hatte, und der frisch gepresste Orangensaft stimmten sie dann aber um.
„Und bitte, Wilhelm, erzähle keine Räubergeschichten, die Kleine träumt sonst heute Nacht noch davon!“, ermahnte Mutti mit erhobenem Finger.
„Ihr könnt ganz locker bleiben, ich werde mein Bestes geben“, beruhigte Onkel Wilhelm die Gemüter.

Eine Pizza reichte hinten und vorne nicht aus. Kurzerhand griff Wilhelm zum Hörer und bestellte eine weitere. Zwei Pizzas waren dann aber fast des Guten zu viel. Nach der Völlerei waren beide blubbsatt, viel zu satt, um noch irgendetwas zusammen zu spielen. So setzte sich Wilhelm auf seinen Schaukelstuhl und Annemarie kuschelte sich in seinen Schoß.

Dann ließ der alte Herr seiner Fantasie freien Lauf. Wohl keiner war in der Lage, so gekonnt Seemannsgarn zu spinnen wie er. „Ist schon eine ganze Weile her, da kam mir in den Sinn, mit einem Wohnmobil nach England zu brausen. Wollte mir mal die Königin und ihre Familie ansehen. Natürlich auch die Tower Bridge und all die anderen Sehenswürdigkeiten. Aber der Mann im Reisebüro meinte, ich soll mir das noch mal gründlich überlegen. Die Umstellung auf den Linksverkehr in England sei nicht ganz einfach. Gerade für etwas ältere Personen könne es im Getümmel der Stadt recht unübersichtlich werden, warnte er eindringlich. Kluger Kopf, der Reisefritze. Auf dem Heimweg habe ich das mit dem Linksverkehr mal ausprobiert. Der Mann hatte vollkommen recht. Links fahren ist wirklich saugefährlich." Annemarie musste lachen.

„Da ich mich in kein Flugzeug setze, habe ich mir eine strapazierfähige Badehose besorgt und bin dann kurz mal rübergeschwommen. Die ewige Schwimmerei war ganz schön anstrengend, hat aber auch eine Mordsgaudi gemacht. Delfine haben mir den Weg gezeigt. Eine Menge Schiffe sind mir gefährlich nahe gekommen. Dank meiner rot blinkenden Bademütze haben sie mich in letzter Minute dann doch erkannt und sind ausgewichen. Der Smutje eines Bananendampfers war so nett und hat Proviant für mich über Bord geschmissen. Die krummen Dinger haben verdammt gutgetan, die brachten verbrauchte Energie zurück.

Am coolsten war, durch die Bullaugen der Schiffe zu glotzen. Du glaubst gar nicht, was ich alles zu Gesicht bekam! Da hat doch tatsächlich jemand splitternackt einen Kopfstand gewagt. Ich wurde sogar Zeuge eines Verbrechens. Habe genau beobachten können, wie ein finsterer Typ sich am Safe der Luxussuite eines Kreuzfahrtschiffes zu schaffen machte. Der Unhold hat nie und nimmer damit gerechnet, dass jemand auf hoher See am Bullauge vorbeischwabbelt. Natürlich habe ich dem Kapitän auf der Brücke umgehend Zeichen gegeben. Am nächsten Tag stand die Geschichte ganz groß in allen Zeitungen. Du kannst dich sicherlich noch daran erinnern, oder warst du damals noch gar nicht auf der Welt?“

Wilhelm bekam keine Antwort. Annemarie war bereits eingeschlafen. Behutsam legte er die Kleine aufs Sofa und deckte sie mit einer kuscheligen Decke zu. Dann machte er in der Küche klar Schiff, gönnte sich anschließend ein Glas Rotwein und wartete auf seine Lieben. Er war schon ganz heiß darauf, die Ehrennadel in Augenschein zu nehmen, die, aus seiner Sicht, eigentlich ihm zugestanden hätte.

Einer macht trotzdem schlapp

Der Rathaussaal hatte sich in ein Blumenmeer verwandelt. Es duftete nach Tulpen, Mimosen und Ginster. Kaum hatte die kleine Familie die für sie reservierten Plätze eingenommen, begab sich der Bürgermeister auch schon ans Rednerpult.

„Ihr Einsatz für die Natur ist beispiellos. Einzigartig auch das Engagement für die Tiere.“
Das Stadtoberhaupt war so des Lobes voll, dass Vati ganz verlegen wurde. Die Rede, die nicht enden wollte, ging unter die Haut. Mit den Worten „Solche Leute braucht das Land!“, steckte der Bürgermeister Vati die goldene Ehrennadel ans Revers. Die geladenen Gäste standen auf und klatschten.

Um dem Applaus ein Ende zu setzen, reichte der Hausherr das Mikrofon an Vati weiter. Er sah umwerfend aus, wie er da so stand. Den eleganten Blazer hatte er absichtlich offen gelassen, das eher langweilige weiße Hemd durch einen superschicken Rolli ersetzt. Auf eine Krawatte hatte er ganz verzichtet.

Schon bei seinen einleitenden Worten wurde es mucksmäuschenstill. Die Gäste lauschten gebannt seiner Rede.
„Wir wollen immer mehr und merken gar nicht, dass wir damit genau das Gegenteil erreichen. Immer mehr Straßen, immer mehr Landebahnen für die Flugzeuge bedeuten immer weniger Platz für die Natur, die Tiere und letztendlich für uns selbst. Immer mehr Geld einheimsen zu wollen, bedeutet, immer weniger Freizeit und dadurch immer weniger Freunde zu haben. Im ersten Moment scheint Geld glücklich zu machen, doch nachhaltige Glücksmomente wie ein herrlicher Wintertag, bunte Laubwälder oder unvergessliche Sonnenuntergänge gibts gratis für jedermann. Vielleicht schätzen wir das Schauspiel der Natur nicht so recht, weil es nichts kostet, frei nach dem Motto: Was nichts kostet, kann nichts wert sein!“
Sein Schlusswort verband der Geehrte mit einer eindringlichen Bitte: „Nützen Sie Ihre Stärken, anderen zu helfen und nicht, wie so viele, sie zu ruinieren!“
Die Zuhörer waren hin- und hergerissen. Fast jeder hatte das Bedürfnis, Vati die Hand zu schütteln. Und so war der

Bürgermeister froh, als die Gäste ihre Plätze wieder eingenommen hatten.
Nun bat er Mutti auf die Bühne.
„Das alles ist nur möglich mit einer starken Frau an seiner Seite“, schmeichelte er ihr und legte einen riesigen Blumenstrauß in ihren Arm.
Mit hochrotem Kopf nahm Merrit die Blumen entgegen. Völlig überrumpelt brachte sie kein Wort heraus, sie lächelte nur.
Geistesgegenwärtig stieß Robert seinem Bruder den Ellenbogen in die Seite. „Setz dich gerade hin, jetzt kommen wir gleich dran“, flüsterte er.
Von wegen. Die Kleinen wurden mal wieder vergessen, obwohl auch sie unzählige Stunden für die Natur geopfert hatten.

Stattdessen kündigte der Bürgermeister eine Sängerin an. Die Lerche, wie sie sich so schön nannte. Die schrille Person betrat ganz würdevoll die Bühne und schmetterte los. Dabei kullerte sie bedenklich mit den Augen. Mit dem Lied war sie deutlich überfordert, ihre Sangeskunst reichte bestenfalls für den Rummel. Einer nach dem anderen stand unter dem Vorwand auf, sich mal kurz die Beine vertreten zu müssen. Mutti signalisierte Robert und Eugen, dass sie sitzen bleiben sollen.
Mittlerweile hatte sich der Saal fast ganz geleert. Robert war heilfroh, dass er aufs Klöchen musste, so hatte er einen triftigen Grund, aufzustehen. Eugen blieb alleine zurück. Die

Dame neben ihm nestelte genervt in ihrer Handtasche herum. Sie suchte nach einer Rolle Drops. Ob sie sich die Bonbons in die Ohren stecken wollte, wie von Eugen vermutet, blieb offen, denn in dem Moment tat es einen riesigen Rumpler. Die Lerche hatte einen Schwächeanfall erlitten und war aus den Latschen gekippt. Die gerufenen Sanitäter brachten sie hinter den Vorhang. Als Robert nach wenigen Minuten zurückkam, war die Bühne leer.
„Hat die Kreissäge endlich aufgegeben?", fragte er Eugen erleichtert.
„Nee, die hat schlappgemacht, sie geriet ins Straucheln und fiel wie ein Stein zu Boden."

Nach bangen Minuten ließ man die Gäste wissen, dass es keinen Grund zur Beunruhigung gebe und sich die Interpretin bereits wieder auf dem Weg der Besserung befinde.
„Ich hoffe bloß, diese Beleidigung der Ohren kommt nicht gar zu schnell wieder auf die Beine. Die Schrulle kriegt es fertig und fängt noch mal von vorne an", flüsterte Vati seiner Frau zu.
Die meisten Gäste warteten diesen eventuellen Albtraum erst gar nicht ab. Sie zogen es vor, sich auf den Heimweg zu begeben. Auch für die kleine Familie wurde es Zeit.

Annemarie war schon längst wieder munter und wartete ganz doll auf ihre „Mamilie". Auf dem Heimweg erzählte die kleine Maus ganz ausführlich von Onkel Wilhelms außergewöhnlichem England-Trip. Merrit schüttelte nur den Kopf. Sie wusste ganz genau, dass Wilhelm noch nicht mal richtig schwimmen konnte. Taktvoll, wie sie nun mal war, behielt sie diese Tatsache allerdings für sich.

Mutti entfaltet sich

Schon seit Tagen spielte das Wetter verrückt. Einen Tag schneite es unablässig, am nächsten Tag ging der Schnee in Regen über und es goss wie aus Kübeln. Dann wurde es wieder kälter und es begann erneut zu schneien. Der böige Westwind machte das Ganze noch ungemütlicher. Draußen konnte man beim besten Willen nichts unternehmen. Den Haushalt hatte Merrit bereits erledigt und so fand sie endlich mal Zeit für sich, was ganz selten vorkam.

Sie knipste den Fernseher an, vielleicht konnte sie ja noch den Wetterbericht erwischen. Doch sie war zu spät daran, es lief bereits „Die kluge Hausfrau“, eine Sendereihe, von der sie nur Gutes gehört hatte. Heute wurde das Thema „Gesichtsfalten“ behandelt. Da sich bei Mutti auch schon ein paar Fältchen um die Augen zeigten, blieb sie vor der Glotze sitzen. Die vielen Experten hatten zahlreiche Ratschläge zur Faltenbekämpfung in petto. Letztendlich waren sich alle selten einig: So ganz kann man die Furchen nicht ausrotten. Am Ende der Berichterstattung war der Zuschauer, wie so oft, nicht klüger als zuvor.

Als Bonbon wurde nach der Sendung die Rezeptur einer ganz außergewöhnlichen Nachtcreme eingeblendet. Eine Wunderwaffe, die allen Warnungen zum Trotz bereits nach vier Wochen ein Gesicht so glatt wie ein Kinderpopo versprach. Das hörte sich gut an. „Deutlich reduzierte Falten" oder „80 Prozent aller Frauen sind begeistert" – solche Versprechungen konnte Mutti schon auswendig herunterleiern. Der Vergleich mit einem Kinderpopo hingegen klang verheißungsvoll. Der absolute Clou bestand darin, dass die Damenwelt diese Creme selbst herstellen konnte. Mutti holte schnell Papier und Bleistift und notierte die Zutaten. Zum Glück hatte sie alles im Haus. Merrit hortete stets sehr große Vorräte, da der lange Weg in die Stadt beschwerlich war und fast jedes Mal ein ganzer Tag für die Einkäufe draufging.

Voller Eifer schleppte Mutti die große blaue Schüssel an, in der sie wöchentlich ihr Fußbad nahm. Bereits beim Durchlesen der Rezeptur hatte sie den Eindruck gewonnen, dass die Zubereitung mit recht viel Aufwand verbunden ist. So war es ratsam, gleich die doppelte Menge herzustellen. Zuerst mussten alle Zutaten exakt abgewogen werden. In der richtigen Mischung

liegt der Erfolg. Das ist beim Backen der Garant für gutes Gelingen, also würde es sich hier ähnlich verhalten.
Das Zusammenpanschen der einzelnen Bestandteile endete in einer riesigen Schweinerei. Die ganze Küche klebte. An den vielen Spritzern auf ihrer Bluse hatte sich Merrit anschließend schier die Zähne ausgebissen. Jetzt schon zweifelte sie, ob sich dieser Aufwand überhaupt lohnen und sie sich diese Prozedur ein zweites Mal antun würde. Erschwerend kam hinzu, dass jenes hochgepriesene Zeug alles andere als appetitlich roch, vielmehr stank es zum Himmel.
Kein Wunder, dass Vatis Kommentar wenig schmeichelhaft ausfiel.
„Ich war froh, endlich die Kinderkacke los zu sein und jetzt fängst du damit wieder von vorne an! Wen willst du denn mit dem ekelerregenden Pudding beglücken?"
Kinderkacke und Kinderpopo … das passt zusammen wie die Faust aufs Auge, ging es Merrit durch den Kopf.

Anstatt zu antworten, riss Mutti das Küchenfenster auf und füllte die fragwürdige Masse in Blecheimer ab, die gut verschlossen in den Keller wanderten, um gründlich durchzuziehen. Dann setzte sie sich zu Vati an den Tisch und versuchte, ihn von ihrem Vorhaben zu überzeugen.
„Auch du bist ganz sicher stolz auf eine Frau, die wie das blühende Leben aussieht. Dann musst du notgedrungen auch in

Kauf nehmen, dass es in der Küche wie bei Hempels hinterm Sofa aussieht.“
Vatis Anspielung brachte Annemarie auf eine famose Idee. Aus den Resten dieser Kacke nahekommenden Jungbrunnen-Paste formte sie täuschend ähnliche Hundehaufen, die anschließend auf den Kopfkissen ihrer Brüder landeten. Na dann, viel Spaß!!!

Lichtmess

Lichtmess ist zwar kein Feiertag, ein Tag zum Feiern ist er allemal. Das größte Fest im ganzen Jahr fand immer am 2. Februar statt, diesmal ausnahmsweise am 5. Februar. Das glanzvollste Fest ist und bleibt natürlich Weihnachten. Schön sind auch Ostern und all die anderen Feiertage, doch das sind alles eher Familienfeste, da blieben die fünf gerne unter sich. Zu Maria Lichtmess hingegen kamen die van der Blooms, die Coolen Socken, der Bürgermeister und der halbe Stadtrat auf Besuch.

Natürlich war auch Wilhelm immer mit von der Partie. Leider befürchtete Mutti stets, der gute Onkel könnte mal wieder aus der Reihe tanzen und die ganze Familie gründlich blamieren. Letztes Jahr erzählte er derart schlechte Witze, dass es einem die Socken ausgezogen hat. Das Jahr davor hatte er so makabere Geschichten von sich gegeben … na ja, danach war den meisten Gästen der Appetit vergangen. Bei Wilhelm musste man jederzeit auf alles gefasst sein. Beim letzten Telefonat klang er stark erkältet, was bei Mutti die Hoffnung schürte, er würde vielleicht überhaupt nicht kommen, und falls doch, wollte sie ihn dieses Jahr im Auge behalten.

Auf der Waldwiese vor dem Häuschen der kleinen Familie prangte schon seit Tagen ein mächtiger Funken. In der Region, in der die Försterfamilie zu Hause war, ist es ein alter Brauch, am 2. Februar mit einem großen Feuer den Winter zu vertreiben. Um ihm ordentlich Bange zu machen, war der Funken zusätzlich von einer furchterregenden Hexe aus Stroh gekrönt. Normalerweise versteckte man im Haufen auch noch einige Knallkörper, die beim Abbrennen lautstark explodieren sollten. Derartigen Unfug hatte Vati, den Waldtieren zuliebe, strengstens verboten.
Dieses Jahr waren die Coolen Socken für den Funken verantwortlich. Kunstvoll hatten sie einen sage und schreibe sechs Meter hohen Turm aus unbrauchbaren Holzpaletten aufgebaut. Es gehört sehr viel Geschick dazu, einem solchen Turm Stabilität zu verleihen. Keinesfalls darf ein Funken vorzeitig umfallen, das bringt Unglück.

Die benötigten Tische und Bänke stellte wie jedes Jahr die Brauerei zur Verfügung. Die Bewirtung mit vielen belegten Broten übernahm ein Partyservice. Für die Funkenküchlein war Frau van der Bloom zuständig. Sie verwendete dafür ein altes Rezept ihrer Großmutter. Diese süßen Stückchen waren heiß begehrt. Sie trieften zwar vor Fett, aber einmal im Jahr durfte gesündigt werden. Die einfachen Biertische waren Mutti schon lange ein Dorn im Auge. Als sie neulich in der Stadt weilte, entdeckte sie nachtblaue Wachstuchdecken. Solche standen schon eine kleine Ewigkeit auf ihrer Wunschliste. Es waren gerade noch zwölf dieser Tischdecken vorrätig. Merrit hat sie alle aufgekauft.

Die einzige Tischdekoration bestand aus unzähligen Papierlampions, die durchwegs den Mond darstellten. Tiefblaue Tischdecken, viele gelbe Lampions und das alles unterm Sternenhimmel – ein Bild wie im Märchen. Es war schon Tradition, dass jeder Gast als Mitbringsel Lampions schenkte. Der eine mehr, der andere weniger, der Bürgermeister letztes Jahr stolze zwanzig Stück. Auf diese Art und Weise hatte es Mutti auf ein paar Hundert gebracht. Die Tische reichten bei weitem nicht mehr aus, und so baumelten die größeren Exemplare in den nahe gelegenen Bäumen. Robert und Eugen waren einen ganzen Tag damit beschäftigt, die vielen Lampions in schwindelnder Höhe zu befestigen. Wenn dann alle Kerzen in den Lampions brannten, sah die Waldlichtung aus wie im Bilderbuch.

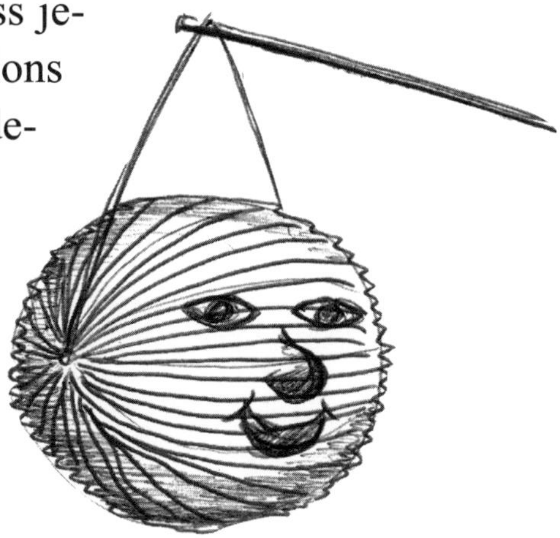

Vati hatte die letzten Vorbereitungen getroffen und stand bereits unter der Dusche, als das Telefon klingelte. Er befürchtete, dass ein geladener Gast in letzter Minute absagen musste. Leider war das Gegenteil der Fall. Onkel Wilhelm verkündete putzmunter, dass er wider Erwarten topfit sei und sich auf den heutigen Abend wie ein Schneekönig freue.

Mutti hatte sich zu früh gefreut

„Mir bleibt auch nichts erspart", jammerte Merrit, als Vati ihr die freudige Botschaft überbrachte.
Viel Zeit, sich zu ärgern, blieb ihr nicht. Der Partyservice stand bereits vor der Tür, somit war Mutti anderweitig gefordert. Diesmal waren die belegten Brote schon eher nach ihrem Geschmack: viel Käse, Fisch und Grünzeug, dafür wenig Fleisch. Vergangenes Jahr konnte man außer Wurst und ein paar Essiggurken nicht viel auf den Happen finden, hie und da vielleicht etwas schnöde Petersilie. Die leckeren Brötchen tummelten sich auf urigen Holzbrettern, die aus Baumscheiben gefertigt waren. Das war mal was ganz anderes und passte zudem perfekt in die Natur.

Heuer blieb auch der Brauereiwagen auf dem holprigen Waldweg nicht stecken. Es klappte also alles generalstabsmäßig. Zumindest bis jetzt. Dann trafen auch schon die ersten Gäste ein, dick eingepackt, als ob sie zum Nordpol aufbrechen würden. Die Damen trugen zusätzlich Wolldecken unterm Arm, in die sie sich einmummeln wollten. Schon jetzt schienen alle bei bester Laune zu sein.

Die Gesellschaft war bereits vollzählig, nur das Dixi-Klo fehlte noch. Das ist eine mobile Toilette, die nicht selten auf Baustellen oder bei Veranstaltungen im Freien zu finden ist. Jeder kann, bei Bedarf, so ein stilles Örtchen für ein paar Euro aufstellen lassen. Die einzige Toilette, die sich im Häuschen der Familie befand, reichte hinten und vorne nicht für alle Besucher aus, deshalb bestand Bedarf.
Als es restlos dunkel war, durfte Lars den Funken entfachen. Von einem lauten „ohhhh" der Gäste begleitet, züngelten die Flammen um die Holzpaletten. In den ersten Minuten brannte der Haufen recht zögerlich, jedoch zum Ende hin loderten die Flammen gen Himmel und heizten der Hexe ordentlich ein. Wenig später musste sich die Strohpuppe geschlagen geben. Wie gewünscht, fiel der Funken in sich zusammen. Die Gesellschaft applaudierte, ein gutes Jahr schien bevorzustehen.

Die Partybrötchen erwiesen sich als der Knaller. Wirklich sehr speziell dieses Jahr und dazu noch soooo gesund, war zu hören. Alle griffen ordentlich zu. Justament zu dem Zeitpunkt, an dem Frau Bürgermeister sich ein

Brötchen einverleiben wollte, auf dem es sich ein Rollmops gemütlich gemacht hatte, ließ Onkel Wilhelm „einen fahren". Die Stadträtin Sünderman, die neben ihm saß, rümpfte die Nase. Unter Zuhilfenahme ihrer Papierserviette wedelte sich die Dame links von ihm demonstrativ Frischluft zu. Dem alten Herrn jedoch war die Situation in keiner Weise peinlich. Ganz im Gegenteil, als Draufgabe brachte er noch den Witz von der englischen Königin und dem Pferdepups unters Volk. Mutti wäre vor Entsetzen am liebsten in Grund und Boden versunken.

Da es Frau Schulte – die sich als Einzige nicht zu einer langen Hose hatte durchringen können – von unten herauf kalt wurde, eilte Merrit ins Haus und durchwühlte Roberts Kleiderschrank. Irgendwo mussten seine langen Unterhosen doch zu finden sein. Die Schulte, eher klein und zierlich, wäre in Vatis „Dessous" ersoffen und Mutti besaß gar keine lange Unterhose. Im ersten Moment weigerte sich die Frostbeule, in das lächerliche Teil zu steigen, aber Merrit bestand darauf.
„Das sieht doch keiner unterm Tisch, noch dazu ist es fast dunkel", überzeugte sie Frau Schulte mit Erfolg.

Erst jetzt fand Merrit Zeit, Wilhelm in den Senkel zu stellen.
„Was hast du dir eigentlich vorhin dabei gedacht?", fragte sie bitterböse.

„Ich dachte, der würde leiser kommen“, flüsterte Wilhelm. Er verstand die ganze Aufregung nicht.
„Wenn du so weitermachst, wirst du nächstes Jahr nicht mehr eingeladen“, drohte die Gastgeberin ihm an und wandte sich dann wieder, mit einem aufgesetzten Lächeln, ihren Gästen zu.
Die saßen bereits wie auf Kohlen, denn das bewegliche WC ließ immer noch auf sich warten. Ob der Lieferant sich verfahren oder erst gar nicht in Bewegung gesetzt hatte, war jetzt nebensächlich. Eine Lösung musste her. Den Damen wurde die Toilette im kleinen Häuschen zugewiesen, bei großem Andrang musste „Frau“ sich eben etwas beeilen. Den Herren wurde geraten, sich in die Büsche zu schlagen. Das war zugegeben nur eine Notlösung, aber allemal besser, als sich in die Hose zu machen. Je nach Temperament und Alter gingen die männlichen Gäste unterschiedlich vor. Die Coolen Socken zum Beispiel sausten ganz weit in den Wald hinein und verschafften sich so willkommene Bewegung. Die Älteren stellten sich gleich hinter den nächsten Busch. Herrn van der Bloom und Vati waren beide Varianten zu peinlich, sie verdrückten sich ihr Bedürfnis. Kaum zu glauben, sie hielten den ganzen Abend durch.

Keiner weiß so recht, wie, doch alle kamen einigermaßen über die Runden. Vati, der als kühler Rechner bekannt war, lachte sich sogar eins ins Fäustchen: Die Kosten fürs Dixi-Klo würden dieses Jahr nicht zu Buche schlagen.

Gegen Mitternacht wurde Wilhelm von Merrit dabei ertappt, wie er ausgerechnet hinter jene große Buche kacken wollte, unter welcher die traurigen Reste der Partybrötchen auf Abnehmer warteten. Für Mutti war jetzt Schluss mit lustig. Der alte Herr hatte ab sofort nichts mehr zu lachen. Er musste das Fest unverzüglich verlassen.

Vor dem Schlafengehen nahm Vati seine Frau in den Arm und gratulierte ihr zu dem gelungenen Abend. Merrit ließ das Fest nochmals Revue passieren und antwortete: „Na ja, wie mans nimmt, zeitweise war, im wahrsten Sinne des Wortes, die Kacke am Dampfen!“

Die Coolen Socken bekommen eine gar nicht coole Einladung

Wie jeden Tag sortierte Herr van der Bloom seine Post. Die viele Werbung landete gleich im Papierkorb. Ganz selten war, so wie heute, ein Brief für Lars dabei. Die Jugend von heute schreibt keine Briefe mehr, die hat andere Möglichkeiten, in Kontakt zu bleiben. Da Lars vor Herrn van der Blooms Bürofenster mit ein paar Kumpels Fußball spielte, rief er seinen Sohn kurz zu sich.
„Ein Brief für dich, mein Junge!“, schmunzelte er.

Lars öffnete den Umschlag und war etwas verwundert. Was wollte denn die „Strick- und Stick GmbH“ von ihm?
Eigentlich hatte er mit denen nichts am Hut. Er überflog den Brief. Das Schreiben kristallisierte sich als Einladung heraus. Eine Einladung an alle Coolen Socken zu einer Fabrikbesichtigung. Lars kannte die Firma, sie hatte sich vor ein paar Jahren am Stadtrand angesiedelt und stellte Strümpfe aller Art her. Die Palette reichte von glamourösen Feinstrumpfhosen für die elegante Damenwelt bis hin zu Omas Stützstrümpfen und wartete auch mit einer großen Auswahl an Herrensocken auf. Natürlich freute sich Lars über den Brief, aber ehrlich

gestanden, eine Einladung in eine Autofabrik wäre ihm bedeutend lieber gewesen.

Bei der nächsten Zusammenkunft der Coolen Socken wurde auch dieses Thema angeschnitten. Die Begeisterung hielt sich stark in Grenzen. Keiner fand es besonders prickelnd, zu erfahren, auf welche Art und Weise Omas Strickstrümpfe gefertigt werden. Wie so oft, setzte sich Lars auch dieses Mal durch.
„Wir werden die Einladung annehmen, Jungs. Der Firmenchef hat es gut gemeint, wir dürfen ihn nicht vor den Kopf stoßen. Also dann bis morgen, ich bitte um komplettes Erscheinen."

Vor den Werkstoren wurde die Gruppe vom Prokuristen des Hauses begrüßt. Ein echt cooler Typ. Stets ein paar flotte Sprüche auf Lager, übernahm er die Führung durch die vielen Produktionshallen. Für alle war es hochinteressant, mitzuerleben, wie aus einem einfachen Wollknäuel in kürzester Zeit eine schicke Socke entstand. Modernste Maschinen ratterten und summten unermüdlich vor sich hin und das vierundzwanzig Stunden am Tag. Mit berechtigtem Stolz informierte der Prokurist, die „Strick- und Stick" exportiere weltweit und beliefere momentan circa neunzig Länder. Die Gruppe staunte nicht schlecht und Lars hoffte insgeheim, dass auch die Coolen Socken eines Tages weltweit vertreten sein würden.

Nach dem Rundgang gings ab in die Kantine, wo die jungen Leute eine deftige Brotzeit erwartete. Das Unternehmen hatte sich nicht lumpen lassen. Lars wollte sich gerade im Namen aller Coolen Socken für den spannenden Nachmittag und die Bewirtung bedanken, da öffnete sich eine Seitentür der Kantine. Ein übergroßes Paket wurde hereingerollt, verziert mit einer dicken, roten Schleife. Der Firmenchef höchstpersönlich marschierte hinterher.

„Ich bin ein großer Fan von euch!", begann er seine Rede. „Ihr seid auf dem richtigen Weg, davon bin ich überzeugt. Aber nicht nur ich, die ganze Stadt ist stolz auf euch. Es ist mir ein Vergnügen, den Coolen Socken ein paar hundert coole Socken zu schenken, alle bestickt mit eurem Logo „CS". Mögt ihr sie umgehend an die Frau oder den Mann bringen."
Lars zog es die Beine unter dem Hintern weg. So viele Socken auf einem Haufen hatte er noch nie gesehen.
Spätestens jetzt musste auch der Letzte zugeben, dass die Coolen Socken mit einer voreiligen Absage ganz schön Mist gebaut hätten.

„Ich weiß gar nicht, was ich sagen soll und bevor ich jetzt großen Schwachsinn von mir gebe, sage ich einfach nur danke“, stammelte Lars. Da er noch kein gestandenes Mannsbild war, fiel er dem Firmenchef vor Freude um den Hals.

Der Tag danach

Der vergangene Tag hatte die Coolen Socken stark motiviert. Sie beschlossen, alle Hebel in Bewegung zu setzen, um noch viel besser zu werden. Sogar die Presse hatte Wind von der Einladung bekommen. Auf der ersten Seite der Tageszeitung stand ein großer Bericht mit Bild. Der Reporter hatte sich entweder nicht richtig informiert oder deutlich übertrieben. Die Zeitungsleser mussten den Eindruck gewinnen, bei den Jungs handle es sich um Heilige. Das waren sie nicht und strebten sie auch in keiner Weise an. Kontrollierter Blödsinn, wie Lars es so treffend nannte, stand an oberster Stelle.

Die wöchentlichen Zusammenkünfte der Coolen Socken fanden bisher in der kleinen Gärtnerei statt. Sie gehörte zur alten Burg, in der Lars zu Hause war. In den Treibhäusern überwinterten die vielen Kübelpflanzen der van der Blooms. Auch säte der Gärtner dort im zeitigen Frühjahr Sommerblumen aus. Anfang Mai, wenn alle Töpfe wieder im Freien standen, gab es im Gewächshaus genügend Platz für Tomaten, Gurken und andere Sonnenanbeter. In den Wintermonaten kehrte Ruhe ein, Schneeschippen war angesagt. Doch das füllte den Gärtner nicht aus. Während er gemütlich im warmen Treibhaus saß, fertigte er Weidenkörbe an. Die Kunst des Flechtens hatte er bei seinem Vater erlernt. Lars konnte ihm dabei stundenlang fasziniert über die Schulter schauen.

Jeden Dienstagnachmittag verzog sich der Flechtmeister aus seinem Gewächshaus. Er machte Platz für die Coolen Socken. An den kalten Wintertagen war es natürlich traumhaft schön, in so einem Glashaus die anstehenden Aufgaben zu besprechen. Umringt von vielen Kübelpflanzen, die oft schon in voller Blüte standen, kamen ihnen die besten Ideen. Wenn es draußen wieder wärmer wurde, empfanden die Coolen Socken die Hitze eher als lästig, im Hochsommer schier unerträglich. Die Höhle kam also wie gerufen. Nachdem Lars und Robert den Coolen Socken von der entdeckten Höhle erzählt hatten, beschloss

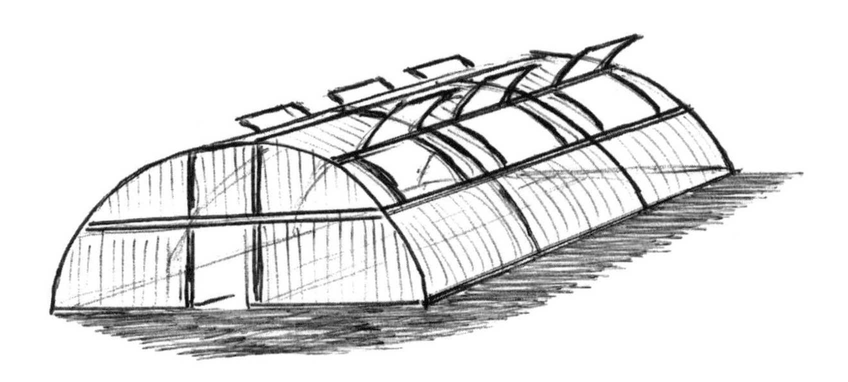

die Gruppe einstimmig, ihre Zusammenkünfte ab sofort dort hinzuverlegen. An ganz kalten Tagen konnte die Truppe ja ins Treibhaus ausweichen.
Eigentlich wollte Lars zu Punkt 1 der Tagesordnung übergehen, doch es gab kein Halten mehr. Alle wollten nur noch eins, die Höhle besichtigen. „So holterdiepolter, wie ihr euch das vorstellt, geht das nicht“, bremste Lars seine Jungs. „Zuerst muss jeder Einzelne von euch einen Eid ablegen, niemandem etwas von der Höhle zu erzählen, sonst haben wir womöglich in ein paar Monaten eine Bushaltestelle vor der Nase. Dann ists vorbei mit unserem verschwiegenen Ort.“

Da vierzig Coole Socken anwesend waren, zog sich dieser feierliche Akt der Vereidigung ganz schön in die Länge. Die Uhr ging bereits auf vier zu, viel zu spät, um sich noch auf den Weg zu machen. Den Coolen Socken stand die Enttäuschung ins Gesicht geschrieben. Keiner wollte sich bis zum darauffolgenden Dienstag gedulden. So plante die Gruppe, sich bereits wieder am Wochenende zu treffen. Dieser Zusatztermin hatte den Vorteil, dass volle zwei Tage zur Verfügung standen, die Höhle wohnlich einzurichten.
Beim Verabschieden erinnerte Lars seine Freunde noch an gutes Schuhwerk, das zu dieser Jahreszeit ziemlich sicher erforderlich war.

Die Höhle

Ganz bewusst hatte Lars darauf verzichtet, seinen Jungs die Aufgabe zu erteilen, sich in der Zwischenzeit nach etwas Passendem für die Höhle umzusehen. Er ging davon aus, dass eine Coole Socke imstande ist, mitzudenken. Auch er wollte seinen Beitrag leisten. Die vielen unbewohnten Kammern in der alten Burg entpuppten sich als wahre Fundgrube. Da Robert nichts beisteuern konnte – in dem Häuschen dort im Wald befand sich nichts Überflüssiges – übernahm er den Transport. Jedes Mal, wenn Frau von der Bloom eine Fuhre abgesegnet hatte, zottelte Robert mit dem Ponywagen Richtung Höhle. Von dem riesigen Teppich trennte sich die Hausherrin nur recht ungern. Weil es einem guten Zweck diente, gelang es ihr letztendlich, über ihren eigenen Schatten zu springen. Bei der dritten und letzten Fuhre gabs aber dann doch massiven Widerstand. Zwei alte silberne Kerzenleuchter, die Lars zu gerne mitgenommen hätte, musste er wieder abladen.

Bereits um halb acht stand Robert am Samstag bei Lars vor der Tür. Es dauerte gar nicht lange, da trafen auch die anderen Coolen Socken ein. Jeder hatte etwas unter dem Arm. Tim zog

sogar einen Leiterwagen hinter sich her. Der war vollgestopft mit Tassen, Tellern, Gläsern und Besteck.
„Hab wie ein Ackergaul ziehen müssen!“, klagte er und rieb sich die schmerzenden Handflächen.

Lars konnte stolz auf seine Truppe sein. Keiner hatte ihn enttäuscht. Selbst Sven, der mit seiner Mutter in einer bescheidenen Zweizimmerwohnung lebte, hatte einen Hammer, eine Zange und zwei unterschiedliche Schraubenzieher im Gepäck.
Robert, der in weiser Voraussicht wieder mit dem Ponywagen vorgefahren war, verfrachtete sämtliche Raritäten auf sein Gefährt. Auf dem Weg zur Höhle alberten die Coolen Socken in noch nie dagewesenem Ausmaß herum. Tim fragte Sophie, ob sie den kleinsten Bauernhof der Welt kenne?
„Nein“, erwiderte sie.
Timi musste schon vor der Pointe so herzhaft lachen, dass er die Antwort nur in Brocken rausknödeln konnte. „Ein …

hihi … Polizeiauto. Vorne die … hihi … Bullen, hinten die armen Schweine!“

Kurz vor dem Ziel legte die Truppe nochmals an Tempo zu. Es war Harro, der als Erster vor der Höhle eintraf und sie inspizierte.
„Mann, ist das ein cooles Teil, zehnmal größer als ich dachte, einfach genial!“, rief er. Auch Marie flippte förmlich aus. Jeder wollte wissen, welchem Zufall Robert und Lars diese Höhle zu verdanken haben, wo sie doch so versteckt und ab vom Schuss lag.
„Das haben wir einem kleinen Schlüssel zu verdanken“, antwortete Lars geheimnisvoll.
„Bevor Robert euch die ganze Story erzählt, habe ich noch eine Überraschung auf Lager.“

Lars lief zum Ponywagen und schleppte, von Robert tatkräftig unterstützt, einen riesigen Topf Erbsensuppe an. Frau van der Bloom hatte den Eintopf bereits am Freitag zubereitet, Samstag früh nur noch mal kurz heiß gemacht und anschließend in Unmengen von Zeitungspapier eingepackt. Nichts isoliert so gut wie eine dicke Lage Zeitungen. Da noch nicht genügend

Geschirr vorhanden war, teilten sich je zwei einen Teller. Kommentare wie: „Lieber ein paar Teller zu wenig und genügend Suppe als umgekehrt“, zeichneten Robert aus.
Lars nützte die Mittagspause, die morgigen Aufgaben zu verteilen. Gute Planung ist die halbe Miete. Am frühen Nachmittag brachen die Coolen Socken schweren Herzens wieder auf. Eigenartigerweise versperrten diverse Strohballen den Weg ins Freie. Irgendjemand musste die Dinger in der Zwischenzeit dort abgelegt haben.
Aber wer?

Das Geheimnis der Höhle

Lars ließ sich nichts anmerken, doch er war beunruhigt. Wer, außer ihm, kannte die Höhle noch? Natürlich Robert, aber der konnte es nicht gewesen sein. Gehörte sie vielleicht schon jemand ganz anderen?

Tausend Fragen gingen Lars durch den Kopf. Auch Robert kam die Sache mit den Strohballen spanisch vor. Da die zwei vor einem Rätsel standen, verdächtigten sie eine Zeit lang sogar die kleine Annemarie. Sollte sie etwas ausgeplaudert haben? Und wenn, dann wem? Eigentlich kam sie nur mit Eugen zusammen. Der wiederum legt keine Strohballen aus. Die beiden traten auf der Stelle, dabei musste die Frage bis morgen beantwortet sein. Sie konnten doch unmöglich in fremder Leute Höhle mit den Einrichtungsarbeiten beginnen. Was wäre das für eine Blamage, wenn sie alles wieder abtransportieren müssten? Lieber wollten Robert und Lars die ganze Aktion abblasen, als ein derartiges Risiko einzugehen. Solche gravierende Fehler dürfen Coolen Socken nicht unterlaufen, da waren sich beide völlig einig. Schade wäre das schon gewesen, aber noch war nicht aller Tage Abend.

Vielleicht konnten sie ja doch noch rechtzeitig das Geheimnis der Höhle lüften.

Lars und Robert fingen noch mal ganz von vorne an. Also, da gab es die zerbrochene Windschutzscheibe und den kleinen Schlüssel und …, natürlich, das wars, den alten Mann, der so viel wusste. Hatte er etwas mit den Strohballen zu tun? Viel Sinn machte das nicht, aber einen Anruf war es allemal wert. Lars kramte hastig das Telefonbuch aus seiner Schreibtischschublade. Da keiner von beiden den Namen des alten Mannes kannte, versuchten sie, den Bauern anzurufen. Leider schien der nicht zu Hause zu sein, es nahm keiner den Hörer ab.
Bereits kurze Zeit später saßen die zwei auf dem Ponywagen und jagten durch den Wald. Jetzt, Mitte Februar waren die Tage schon deutlich länger, so konnten sie es noch riskieren, bei dem alten Mann vorbeizuschauen.
Während Robert die Zügel seines Ponys an einem Zaunpfahl festzurrte, sauste Lars bereits los. Um Himmels willen! Der Alte lag auf dem Küchenboden. Zum Glück war ihm nichts Schlimmes passiert. Ihm war lediglich die Brille heruntergefallen, ohne die er kaum etwas sehen konnte.

„Dich schickt der Himmel! Suche das blöde Ding schon eine halbe Ewigkeit. So langsam macht mein Rücken nicht mehr mit“, stöhnte er. Die Brille war schnell gefunden und genauso schnell des Rätsels Lösung.

„Ihr kommt sicher, um euch für die Strohballen zu bedanken. Habe gestern mal bei eurer Höhle vorbeigeschaut und den herrlichen Teppich entdeckt. Das noble Teil kann man unmöglich auf den feuchten Höhlenboden legen. Reine Wolle fängt in null Komma nix zu schimmeln an, deshalb habe ich das Stroh spendiert“, sagte er und nickte zufrieden. Der Alte hatte die ganze Zeit mit verdeckten Karten gespielt. Er kannte die Höhle sehr wohl. Aber das war den zweien in dem Moment piepegal. Ihnen wurde ganz leicht ums Herz, die Arbeiten konnten morgen wie geplant fortgesetzt werden. Das war das Wichtigste, denn schon nächsten Dienstag wollten die Coolen Socken ihre erste Sitzung in der neuen Behausung abhalten. Dazu gedachte Lars auch den alten Mann einzuladen. Er hatte es sich mehr als verdient.
Beim Verabschieden entschuldigte sich der komische Kauz indirekt bei Robert und Lars. „Bitte seid mir nicht allzu böse. Ihr wisst ja, wie das so ist mit der Vorfreude!“

Es gibt viel zu tun

Der Sonntag versprach ein strahlend schöner Tag zu werden. Wie blank geputzt schien der wolkenlose Himmel zu sein. Die Temperaturen waren für diese Jahreszeiten angenehm mild und so wurde der Marsch zur Höhle zum reinsten Vergnügen.
In sonnigen Lagen machten die ersten Frühlingsboten auf sich aufmerksam. Winzige Wildkrokusse und Primelchen wagten sich aus dem schützenden Waldboden hervor, und am Bachufer grünte Brunnenkresse. Die ersten Stare sammelten eifrig Material für ihre Nester. Es gab so viel zu beobachten, dass die Zeit wie im Flug verging.

Lars war mit Robert zusammen vorausgelaufen, um sämtliches Mobiliar aus der Höhle zu schleppen. So konnten die Mädchen gleich damit beginnen, die neue Behausung der Coolen Socken sauber auszufegen. Danach verteilten die Jungs das Stroh. Es reichte locker für die gesamte Höhle. Auf den Schneeresten, die in schattigen Lagen noch dem Frühling trotzten, klopfte ein kleines Team den Teppich gründlich aus. Um das Riesenteil in der Höhle ordentlich ausbreiten zu können, mussten alle Mann

anpacken. Als das gute Stück endlich an Ort und Stelle lag, sah die Höhle schon richtig wohnlich aus.
Nun galt es, den Riesentisch, den Lars zum Transport auseinandergenommen hatte, wieder zusammenzuschrauben. Es war gar nicht einfach, aus den zahllosen Schrauben immer die richtige herauszufinden und so dauerte es deutlich länger als geplant, bis das Prachtstück endlich fertig da stand. Der größte Teil der Coolen Socken kannte solche Monstertische nur aus Filmen. Der Tisch glich einer riesigen Rittertafel und wer weiß, vielleicht war er das auch mal vor langer Zeit. Er stammte ja aus einer alten Burg.
Als Nächstes mussten die vielen Stühle herangeschleppt werden. Kein Stuhl glich dem anderen, es war jede Farbe und Form vertreten. Durch die einheitlich rot-blau karierten Kissen, die Roberts Mutter in Windeseile gefertigt hatte, sah die Einrichtung trotzdem sehr harmonisch aus. Jetzt mussten noch die vielen Bilder an den felsigen Wänden befestigt werden. Dazu brauchte man großes Geschick. Nägel waren fehl am Platz, nur Dübel und Schrauben gaben in dem harten Gestein genügend Halt. Irgendwann war auch diese Prozedur geschafft.

Lars' Idee, einen alten Samtvorhang vor den Höhleneingang zu spannen, kam bei den meisten nicht gut an. Der Fetzen wanderte wieder zurück auf den Ponywagen. Zu guter Letzt kramte Sven noch ein kleines Bildchen – er hatte es schon fast

vergessen – aus seinem Rucksack und drückte es Robert in die Hand.
„Wenn du willst, kannst du den Winzling auch noch irgendwo hinhängen“, sagte er fast schüchtern. Zwischen all den Gemälden aus der alten Burg wirkte das klitzekleine Stillleben ziemlich unscheinbar.
„Hier zählt der gute Wille, nicht die Größe“, dankte Robert.

„Hallo“-Rufe schreckten die Coolen Socken auf. Nur Lars und Robert blieben ganz gelassen, sie schienen sich ziemlich sicher zu sein, dass es nur der alte Mann vom Bauernhof sein konnte. Und genauso war es auch. Das herrliche Wetter hatte ihn nach draußen gelockt. Aus seinem Rucksack zog er zwei große, sehr alte Kerzenleuchter heraus.
„Die schenk ich euch“, sagte er. Dann wandte er sich zu Robert und flüsterte ihm ins Ohr: „Eine Art Wiedergutmachung!“
Natürlich durfte der alte Mann die Höhle begutachten. Die vielen Bilder faszinierten ihn am meisten. Eigenartigerweise verweilte er gerade vor dem kleinsten Bild ganz besonders lange.

War das nur Zufall oder steckte mehr dahinter?

Hoffnungsschimmer

„Wenn man das hier sieht, möchte man noch mal ein ganz junger Hupfer sein. Ihr habt ganze Arbeit geleistet“, nuschelte der alte Mann ganz begeistert.
Da er nicht der Fitteste war, zog er es vor, sich umgehend auf den Heimweg zu machen. In seinem Alter ist man nicht mehr so flink wie ein Wiesel. Bevor er loshumpelte, steckte er Lars einen kleinen Zettel zu. Es stand nur eine Telefonnummer darauf, ohne Namen oder sonstige Hinweise.
Aus dem Mann wird man nicht schlau, dachte Lars und nahm sich vor, gleich heute Abend diese Nummer anzuwählen. Plötzlich konnte er gar nicht schnell genug nach Hause kommen. Irgendetwas drängte ihn, möglichst rasch herauszufinden, was es mit der Rufnummer auf sich hatte. Da alle Arbeiten in der Höhle erledigt waren, gab es keine Einwände von den anderen gegen einen baldigen Aufbruch. Auf dem Heimweg machte sich bei allen Müdigkeit breit, fast wortlos tappten die Coolen Socken nebeneinander her.

Nachdem Lars ein heißes Bad genommen hatte, kuschelte er sich in seinen Bademantel und fläzte sich aufs Sofa. Sein Herz klopfte gewaltig, als er die Telefonnummer wählte. Im ersten Moment war er fast enttäuscht, dass sich am anderen Ende nur der alte Kauz meldete, doch dann schien es doch noch spannend zu werden.

„Schön, dass du so schnell zurückrufst“, sagte der Alte kurz, dann kam er gleich zur Sache. „Ich hab da einen gewissen Verdacht. Dieses kleine Bild in eurer Höhle, es könnte ein Vermögen wert sein. In meiner Jugend habe ich mich für Kunst interessiert. Euer Bild geht mir nicht mehr aus dem Kopf. Je länger ich darüber nachdenke, desto sicherer bin ich mir, das Kunstwerk schon irgendwo gesehen zu haben. An eurer Stelle würde ich das Ding mal einem Fachmann vorlegen.“

Lars wollte sich für den Hinweis bedanken, doch der Alte hatte bereits aufgelegt. So war er eben.

Das besagte Bild hatte Sven mitgebracht. Wie sollte seine Familie an so eine Kostbarkeit gekommen sein? Er lebte mit seiner Mutter in äußerst bescheidenen Verhältnissen und geklaut hatte er das Bildchen nie und nimmer.

Lars sauste zu seinem Vater in die Werkstatt und berichtete ihm brühwarm von dem Telefonat. Herr van der Bloom hegte große Bedenken. Sein Sohn hatte bereits ab und an mal von dem eigenwilligen Kauz erzählt. Konnte der Greis tatsächlich in der Dunkelheit der Höhle – stark eingeschränkt durch seine geschwächten Augen – Kitsch von Kunst unterscheiden? Ein gewisser Zweifel war angebracht. Um seinen Kleinen nicht vor den Kopf zu stoßen, versprach er, sich der Sache anzunehmen.

Schon Montagnachmittag marschierte Lars zur Höhle und hängte das Bild ab. Robert begleitete ihn. Er spielte sozusagen den Leibwächter. Sollte das Bild wirklich kostbar sein, war in der heutigen Zeit eine solche Begleitperson sicher nicht verkehrt.
Frau van der Bloom gingen schier die Augen über, als Lars ihr das Bildchen vorlegte. Es sprach vieles dafür, dass es ein Original war. Der Rahmen, die Farbe, es passte. Doch hundertprozentig sicher war auch sie sich nicht. Vorsichtshalber wanderte die kleine Kostbarkeit erst mal in den Safe.

Am Abend setzte sich Herr van der Bloom mit Svens Mutter in Verbindung. Sie glaubte sich zu erinnern, jenes Bildchen vor vielen Jahren auf dem Flohmarkt erstanden zu haben. Nur schwer konnte sie sich vorstellen, dass die Vermutung des alten Mannes zutreffen würde. Da Otto Normalverbraucher in so einer Situation überfordert ist, bot Herr van der

Bloom seine Hilfe an. Er wollte sicherstellen, dass die gute Frau nicht übers Ohr gehauen würde. Svens Mutter nahm dieses Angebot dankend an. Sollte das Glück ausnahmsweise einmal ihr hold sein? Bis jetzt hatte Fortuna es immer nur mit den anderen gut gemeint. Der einzige Sonnenstrahl in ihrem Leben war all die Jahre lediglich ihr Sohn Sven, ansonsten schien die Arme vom Pech verfolgt zu sein.

War das alles nur ein kurzer Traum?

Nach einem ausgiebigen Frühstück machte sich das Ehepaar van der Bloom auf den Weg zu einem Experten für Malerei. Nur der konnte letztendlich feststellen, ob es sich tatsächlich um ein wertvolles Bild handelte. Die Vorgehensweise des Spezialisten war Frau van der Bloom natürlich geläufig. Ihren Mann hingegen beeindruckte der heutige Stand der Technik.
„Was es nicht alles gibt!“, murmelte er vor sich hin und schüttelte verwundert den Kopf.
Das wohlwollende Nicken des Sachverständigen legten die beiden als gutes Zeichen aus. Als der Fachmann endlich die erlösende Nachricht verkündete, nämlich „das Bild ist echt“, läuteten im Hintergrund die Kirchenglocken. Ein richtig feierlicher Moment. Die Freude bei Lars’ Eltern fiel derart groß aus, als ob das Bild ihnen gehören würde.
Der erste und alles entscheidende Schritt war getan. Nun musste ein Käufer gefunden werden. Svens Mutter hatte bereits am Telefon geäußert, dass sie besagtes Bild, falls es echt sein sollte, keinesfalls selbst behalten wolle. Frau van der Bloom, die ihrem Mann auf diesem Gebiet haushoch überlegen war, schlug eine Versteigerung vor.

„Das wird ein spannendes Ereignis. Sven und seine Mutter werden diesen Tag in ihrem Leben nie vergessen", begründete sie ihren Vorschlag. Da sich in der nahe gelegenen Stadt ein seriöses Auktionshaus befand und Svens Mutter keine Einwände hatte, stand einer Versteigerung nichts mehr im Weg.

Mehr als zufrieden fuhr das Ehepaar van der Bloom zurück zur Burg. Besser hätte es nicht laufen können. Lars fand die Idee von der Versteigerung megacool. Die Begeisterung seines Sohnes schwappte auch auf den Burgherren über. Er kam auf die außergewöhnliche Idee, einen Omnibus für das bevorstehende Ereignis zu mieten. Die Coolen Socken, die kleine Familie aus dem Wald, alle sollten dabei sein und mitfiebern, wenn das Bildchen unter den Hammer kommen würde. Der letzte freie Platz im Bus wurde Onkel Wilhelm angeboten.

Als der Tag der Auktion bekanntgegeben wurde, stieg die Spannung. Svens Mutter war es nicht vergönnt, in den letzten zwei Nächten auch nur ein Auge zuzumachen. Schon immer hatte sie davon geträumt, eines Tages etwas mehr Geld zur Verfügung zu haben. Reich wollte sie nie und nimmer werden, doch sie war es leid, jeden Cent dreimal umdrehen zu müssen. Ihrem Sonnenschein fast jeden Wunsch abschlagen zu müssen, zerbrach ihr schier das Herz.

Endlich war der große Tag gekommen. Nachdem der Busfahrer seine Schäfchen eingesammelt hatte – Onkel Wilhelm saß, wie sollte es auch anders sein, auf dem Sitz für Begleitpersonen – begrüßte Herr van der Bloom seine Gäste. Ganz besonders herzlich die zwei, wie er sie nannte, Hauptdarsteller. Wilhelm spürte, dass Svens Mutter nicht in der Lage zu sein schien, die richtigen Dankesworte zu finden. Aus diesem Grund übernahm er das für sie. Die Quasselstrippe war heute ausgesprochen gut in Form, gab etliche Witze, die teilweise recht gewagt waren, zum Besten und legte das Mikrofon erst wieder aus der Hand, als der Bus schon auf dem Parkplatz vor dem Auktionshaus stand.
Die Versteigerung hatte bereits begonnen. Ein Gegenstand nach dem anderen kam unter den Hammer. Dann wurde wieder geboten. Zum Ersten …, zum Zweiten … und zum …, so ging das eine ganze Weile. Annemarie wollte bei Gelegenheit ihren Vater fragen, warum der Mann da vorne vor Wut mit dem Hammer auf den Tisch hauen durfte.

Ihr war das nämlich erst kürzlich verboten worden. Nach quälenden zwei Stunden wurde das kleine Bild hereingebracht, um das sich an diesem Tag alles drehte.

„Wir bitten nochmals um Ihre ganze Aufmerksamkeit, denn wir kommen jetzt zum Höhepunkt des Tages. Mit großem Stolz präsentieren wir Ihnen diese Rarität“, verkündete der Mann mit dem Hammer.

Svens Mutter wusste nicht, ob sie weinen oder lachen sollte. Aus Unsicherheit nahm sie ihren Kleinen auf den Schoß, schloss die Augen und bat den lieben Gott um Beistand.

Damit hat keiner gerechnet

Die vielen Interessenten erhoben sich von ihren Stühlen. Da das Bild sehr klein war, wurden sie gebeten, nach vorne zu kommen, um sich einen besseren Eindruck davon verschaffen zu können. Auch Wilhelm stand auf und setzte sich in Bewegung. Er wollte damit wohl vortäuschen, dass er ebenfalls in der Lage war, ein so wertvolles Bild zu ersteigern.

Endlich ging es zur Sache. Die Liebhaber solcher Objekte boten immer mehr. Ab einer gewissen Summe lichtete sich das Teilnehmerfeld. Zum Schluss waren nur noch zwei Interessenten übrig geblieben: ein kleiner unscheinbarer Herr im besten Mannesalter und eine sehr elegante, schwarz gekleidete Dame. Der schwarze Schleier ihres übergroßen Hutes verdeckte fast ihr ganzes Gesicht, was sie sehr geheimnisvoll machte. Die schöne Unbekannte erhielt den Zuschlag und somit das Bild. Selbst Frau van der Bloom zeigte sich über die gebotene Summe überrascht. Sie hatte nur mit etwa der Hälfte gerechnet.
Ungestüm sausten die Coolen Socken auf Sven zu, hoben ihn hoch und trugen ihn auf Händen aus dem Saal. Für Svens Mutter war das alles wohl etwas zu viel gewesen. Sie saß als

Einzige noch auf ihrem Platz und weinte vor Freude. Immer wieder schluchzte sie.
„Danke, lieber Gott, danke!“
Als Erster wurde Onkel Wilhelm auf das – wenn auch überglückliche – Häufchen Elend aufmerksam. Er kümmerte sich rührend um die Dame, brachte ihr eine Tasse Kaffee und etwas Gebäck. Dann trocknete er ihr die Tränen und legte liebevoll seinen Arm um ihre Schulter.
„Das ist wirklich sehr zuvorkommend von Ihnen!“, bedankte sich Svens Mutter.
„Nichts zu danken, Sie sind jetzt eine ausgesprochen gute Partie, da muss man sich ranhalten. Wir zwei wären doch das Traumpaar.“
Die Dame kannte Onkel Wilhelm und seine lockeren Sprüche, deshalb war sie ihm absolut nicht böse.
„Werde meinen Sohn mal fragen, ob er sich Onkel Wilhelm als Vater vorstellen kann oder vielleicht doch besser als Großvater?“, scherzte sie.

Kurze Zeit später rollte der vollbesetzte Bus wieder vom Parkplatz. Selbst der Fahrer war so gut gelaunt, dass er jeden Kreisverkehr gleich dreimal umrundete, bevor er endlich abbog.
So langsam wurde die Meute hungrig. Um die Gelüste seiner Fahrgäste zu befriedigen, legte der Busfahrer vor einer Würstchenbude einen Stopp ein. Jeder konnte nach Herzenslust bestellen, was er wollte. Alles ging auf die Rechnung von Svens Mutter. So einem Ansturm war der Verkäufer kaum gewachsen. Über fünfzig Personen, das schaffte einer alleine fast nicht.

Einmal mehr war es Onkel Wilhelm, der sich breitschlagen ließ, mitzuhelfen. Ob er wirklich eine Hilfe war, muss stark angezweifelt werden. Nachdem der Tölpel sich seine Finger in dem Topf mit den heißen Würstchen verbrüht hatte, spezialisierte er sich auf die Zubereitung der Pommes. Ein ganzer Sack dieser Kartoffelstäbchen landete nicht im Frittierkorb, sondern nahm direkt im heißen Fett ein Knusperbad. Die Nerven des Budenbesitzers spielten verrückt. Ihm blieb nichts anderes übrig, als in mühsamer Kleinstarbeit jede einzelne Fritte wieder aus dem Fett herauszufischen.
Diese Gelegenheit nützte Onkel Wilhelm, um Frau van der Bloom eine Currywurst zu kredenzen. Die ersten zwei Würste wollten nicht so, wie Wilhelm sich das vorgestellt hat. Sie fielen zu Boden. Die dritte zeigte sich gefügiger. Vor lauter Freude drehte er mit dem beladenen Pappteller in der Hand eine

Pirouette. Ob es dem Alten oder der Currywurst schwindlig wurde, war Frau van der Bloom vollkommen schnuppe, nicht aber, dass die heiße Wurst nach der wirklich zirkusreifen Turnübung ihren Ausschnitt dekorierte.

Nach dem Malheur beschränkte sich Wilhelms Tätigkeit auf das großzügige Verteilen von Ketchup. Da er sich zuerst mit dem Ketchupspender zurechtfinden musste, landete weit mehr auf seinem blütenweißen Hemd als auf den Tellern. Der alte Herr sah nach kürzester Zeit aus, als ob man ihn bei lebendigem Leib abschlachten wollte, um der großen Nachfrage nach Currywurst gerecht zu werden.
Als endlich alle Mäuler gestopft waren, konnte der Bus seine Fahrt fortsetzen. Wilhelm ruhte sich auf seinen Lorbeeren aus. Er beschloss, ein wohlverdientes Nickerchen zu machen. Eine pfiffige Verkehrsteilnehmerin wurde auf den fragwürdigen Beifahrer aufmerksam und alarmierte umgehend die Polizei.
„Eben ist mir ein vollbesetzter Bus entgegen gekommen und Sie werden es nicht glauben, da hat doch tatsächlich ein Schwerverletzter blutüberströmt auf dem Beifahrersitz gesessen. Ich befürchte, der war schon bewusstlos.“
Ob sie damit wohl Onkel Wilhelm gemeint hatte?

Robert hat es satt

Jeden Dienstag hatte Robert in den letzten zwei Stunden Biologieunterricht. Bio gehörte zu seinen absoluten Lieblingsfächern. Es war spannend, immer wieder etwas Neues über die Wunder der Natur zu erfahren. Doch heute kam die gesunde Ernährung an die Reihe. Zweifellos ist das ein äußerst wichtiges Thema, jedoch machten die vielen neuen Begriffe nicht nur ihm zu schaffen.

Gesättigte Fettsäuren und ungesättigte Fettsäuren, ganz zu schweigen von den doppelt ungesättigten Fettsäuren. Um alles noch komplizierter zu machen, als es ohnehin schon ist, gibt es Joghurt, der sich angeblich nach links dreht und andere Sorten, die sich dem widersetzen und sich andersherum drehen. Auch auf die probiotischen Lebensmittel kam der Pauker zu sprechen. Dieser Zungenbrecher veranlasste Lars, um die Biostunde etwas aufzupeppen, lautstark und unverblümt zu reimen: „Probiotisch – das klingt wirklich ganz idiotisch!"

Der Lehrer nahm es mit Humor.

Auch er fand den komplizierten Lehrstoff für Jugendliche eher ungeeignet. Sven ging davon aus, mit Ballaststoffen wäre sein Schulranzen gemeint und Lars war sich fast sicher, dass der Begriff „doppelt gesättigt“ lediglich ein geschwollener Ausdruck für das Wort „pappsatt“ sei und der Begriff „ungesättigt“ demzufolge Heißhunger ausdrücke. Von Vitaminen und Mineralstoffen hatten zumindest einige schon gehört. Alle waren froh, als die doofe Biostunde endlich überstanden war, was äußerst selten vorkam.

Zu Hause warf Robert wütend den Schulranzen in die Ecke und maulte: „Das war heute richtig ätzend!“
Abends fragte Mutti stets noch Vokabeln ab oder vergewisserte sich, dass die Rechenaufgaben richtig gelöst worden waren. Zu Roberts Verdruss kam auch sie noch auf die Fettsäuren zu sprechen. Da riss dem Kleinen der Geduldsfaden. Er warf sich aufs Bett und schnauzte: „Ihr verderbt mir noch die ganze Freude am Essen!“
Mutti wurde sehr schnell klar, dass man dieses extrem wichtige Thema so nicht in Angriff nehmen konnte. Nachdem sie Robert mittels ihrer Wunderwaffe – Schokoladenpudding mit Sahne – wieder ins Lot gebracht hatte, griff sie zum Telefonhörer und rief Frau van der Bloom an.
Nach ein paar kurzen, aber herzlichen Begrüßungsworten kam sie auf die gesunde Ernährung zu sprechen. Lars' Mutter konnte

ein Lied davon singen. Auch ihr Sohn hatte sich offenbar über die heutige Biostunde maßlos aufgeregt. Die Burgherrin war genauestens informiert.
„Man muss das Thema ganz anders anpacken“, bestätigte sie. „Aber wie können wir unseren Kindern gesunde Ernährung schmackhaft machen?“
„Ich hab da schon eine Idee“, fing Mutti zögerlich an. „Ich weiß nicht, was du davon hältst, ich habe mir das in etwa so vorgestellt …“
Frau van der Bloom hörte aufmerksam zu. Am Ende des Gesprächs schrie sie vor Begeisterung in den Hörer:
„Da muss man erst mal draufkommen, also wirklich, toller Einfall! Du überraschst mich immer wieder aufs Neue. Selbstverständlich kannst du mit mir rechnen. Komm am besten gleich morgen auf eine Tasse Kaffee vorbei, dann besprechen wir die Einzelheiten.“
Ihr Redeschwall war fast nicht mehr zu stoppen. Zufrieden legte Mutti den Hörer aus der Hand und freute sich auf das morgige Treffen.

Schnell hatten die Damen am nächsten Tag einen genauen Plan ausgeklügelt. Voller Optimismus setzten sie sich ins Auto und fuhren zum Biolehrer. Der Pauker war im Grunde genommen von dem Vorschlag ganz angetan, aber man merkte ihm an, dass er sich übergangen fühlte. Den beiden Frauen schien das piepegal zu sein. Sie waren wild entschlossen, ihren Plan durchzuziehen. Doch ein Problem gab es noch. Wie würden die anderen Mütter reagieren? Wenn der Funke nicht übersprang, war der Plan nicht zu realisieren.

Valentinstag, oder wer sagt denn, dass man die Feste so feiern muss, wie sie fallen?

Schon die Lichtmessparty musste wegen Vatis Ehrung verschoben werden, da war es mehr recht als billig, auch den Valentinstag etwas nach hinten zu verschieben. Die Versteigerung des Bildchens hatte ihm den Rang abgelaufen.
Mit dem Valentinstag ist es so eine Sache. Fast alle Leute sind der Meinung, dass jener Tag im Grunde genommen der größte Schwachsinn ist. Sonderbarerweise sind dann gerade diese maßlos enttäuscht, wenn man nicht auch sie beschenkt. Also hat man gar keine andere Wahl, als sich auf die Suche nach einer Kleinigkeit zu machen. Bei den Damen drängen sich Blumen auf. Die allerdings sind just an diesem Tag schweineteuer und oft nicht mehr ganz taufrisch. Die Rosen, die Mutti letztes Jahr von Vati überreicht bekam, ließen schon am nächsten Tag beleidigt die Köpfe hängen.

Wer nun, um das alles zu umgehen, eine Topfpflanze wählt, gilt gern als Spießer. Pralinen sind auch nicht mehr der Renner, da speziell die Damen oftmals auf ihre Figur achten. So bleibt nicht mehr viel anderes übrig. Onkel Wilhelm hatte Mutti letztes Jahr mit einem Lachsack beglückt. Genauer gesagt

war das ein bunter Stoffbeutel, der, wenn man ihn ordentlich geschüttelt hat, anfing zu lachen. Das einzig Gute daran war, dass so etwas nicht dick macht.
Robert, Eugen und Annemarie überraschten ihre Eltern jedes Jahr mit einem riesigen Kuchen. Natürlich in Herzform. Da man Backformen in dieser Größe nirgendwo kaufen kann, war sie von Eugen höchstpersönlich angefertigt worden. Annemaries Aufgabe bestand darin, das gebackene Herz dicht an dicht mit

Himbeeren zu belegen. Dazu fehlte den Jungs die Geduld. Zu guter Letzt spritzte Robert ganz kunstvoll zwei Sahneherzen auf den Kuchen. Eins für Mutti, eins für Vati. Gut, dass Onkel Wilhelm am Valentinstag ein steter Gast war. Diese Megatorte hätten die fünf nie alleine geschafft. Heuer kreuzte der Herr als Valentin verkleidet auf. Sein weißer Zylinder und der mit ganz vielen Herzen bedruckte Umhang wirkten allerdings sehr albern.

Solche peinlichen Auftritte zeichneten Wilhelm geradezu aus. Was die Geschenke betraf, hatte er dieses Jahr hingegen den Vogel abgeschossen. Sowohl Annemarie als auch Robert und Eugen bekamen eine schicke Badehose spendiert. Dem alten Herrn dämmerte es noch im Hinterstübchen, dass die kleine Familie jedes Jahr in den Sommerferien an die Nordsee fuhr. Mutti bekam einen Gutschein. „Einladung für zwei Personen zu einem Abendessen bei Kerzenschein im Restaurant zur Blauen Frau“, las Vati genüsslich vor.

Nachdem Wilhelm drei riesengroße Stücke Himbeertorte vertilgt hatte, setzte er eine ernste Miene auf und verkündete:
„Ich fühle mich seit Tagen schon unwohl, deshalb habe ich mich entschlossen, nächste Woche ein Krankenhaus aufzusuchen.“
Mutti spürte, dass dem alten Herrn lediglich etwas gegen den Strich lief. Er machte keinen kranken Eindruck auf sie. Das anhaltend schlechte Wetter hatte ihm offenbar aufs Gemüt geschlagen. Bei dem Sauwetter der letzten Tage zog es jedermann vor, in den vier Wänden zu bleiben und so war Wilhelm schon seit geraumer Zeit nicht in den Genuss gekommen, mit auch nur einer Menschenseele ein Wort zu wechseln. Trotz ihrer Bedenken ließ Mutti sich nichts anmerken.
Beim Verabschieden klopfte sie dem kranken Hühnchen aufmunternd auf die Schulter.

„Kopf hoch Wilhelm, das wird schon wieder! Unser Krankenhaus hat einen guten Ruf. Wir kommen dich ganz sicher besuchen.“

Der verspätete Valentinstag neigte sich bereits dem Ende zu, doch Mutti hatte noch viel vor. Sie griff zum Telefonbuch und setzte sich an ihren kleinen Schreibtisch. Sie wollte die Mütter von Roberts Schulkameraden anrufen, um sie über ihren Ernährungsplan zu informieren. Nur bei zweien stieß sie auf taube Ohren. Alle anderen waren bereit, sich an dieser löblichen Aktion zu beteiligen.

Muttis Plan geht auf

Normalerweise streichen Mütter nur Pausenbrote für ihre eigenen Kinder. Muttis Plan war es nun, dass eine Mutter pro Tag diese Aufgabe für die ganze Klasse übernimmt. Das bedeutete jede Menge Arbeit an diesem Morgen, dafür hatte die Hausfrau die nächsten Tage frei. Grundvoraussetzung für jene Aktion: Die Jause sollte so gesund wie möglich ausfallen.
Merrit machte den Anfang. Bereits am Vortag gondelte sie mit Kartoffelpuffer zum Supermarkt. Magerquark, Kürbiskerne, Freilandeier, Biosalat, Radieschen, jede Menge gekochter Schinken und grobes Meersalz landeten im Einkaufswagen. Auf dem Heimweg besorgte sie noch Vollkornbrot mit Kürbiskernkruste. Die viele Kresse, die sie verwenden wollte, hatte die vorausschauende Hausfrau auf der Fensterbank vorgezogen. Kresse gilt als wahre Vitaminbombe.
Auch ihre drei Kinder waren voller Tatendrang. Sie standen Mutti bereits beim Ausladen zur Seite. Als Kartoffelpuffer endlich leer war, platzte der Kühlschrank aus allen Nähten.

Schon vor dem Aufstehen, wie Mutti zu scherzen pflegte, versammelte sich die komplette Familie am nächsten Morgen

in der Küche. Jeder wollte, wie versprochen, mithelfen. Vati musste Brot aufschneiden, Annemarie vorsichtig die Kresse ernten und Mutti die Eier abkochen. Auch die Jungs steuerten ihren Teil bei. Sie bestrichen die Brotscheiben dick mit Quark und legten jeweils zwei Salatblätter darauf. Nun kam der Schinken an die Reihe, als Nächstes landeten die gehobelten Radieschen auf den Stullen.
Jetzt waltete Annemarie ihres Amtes. Alle Schnitten bestreute sie üppig mit Kresse und ein paar Kürbiskernen. Mit zwei Scheiben hart gekochten Eiern dekoriert, landeten die gesunden Kreationen in mehreren, überdimensional großen Frischebehältern, die Mutti extra für diesen Zweck besorgt hatte. Wie besprochen, wollte sie die leeren Boxen den nächsten Teilnehmern zur Verfügung stellen. Um gut Wetter zu machen, spendierte Merrit sogar dem Biolehrer ein Pausenbrot.

Robert schnappte sich die Frischhalteboxen und jene Listen, die Mutti angefertigt hatte, dann düste er los. Auf besagten Bögen sollte jeder Schüler die Pausenbrote beurteilen. Um die Bewertung zu vereinfachen, musste lediglich angekreuzt werden:

a) Wie hat mir das Pausenbrot gefallen?
b) Wie hat es mir geschmeckt?
c) Hat die Vesper satt gemacht?

Die Schüler konnten wählen zwischen:

a) sehr gut
b) gut
c) weniger gut

Das Wort „schlecht“ hatte Mutti bewusst vermieden. Sie vertrat den Standpunkt, das Wort „schlecht“ ist nur dann gerechtfertigt, wenn man gar nichts zu essen hat. Der letzte Punkt auf dem Fragebogen lautete:

Bemerkungen: ____________________________
Verbesserungsvorschläge: __________________

Jeder einzelne Schüler sollte sich ganz ausführlich über das Pausenbrot äußern. Das Ergebnis fiel niederschmetternd aus. Viele kannten gar keine Kresse, ganz zu schweigen von den Kürbiskernen. Einige wenige kannten noch nicht mal Quark.
Mutti war fassungslos. Sie las von „weißer Creme“ und „grünem Kraut“ und den „schwarzen Dingern“, die ganz prima schmeckten. Solche Informationen halfen ihr nicht

so recht weiter. Deshalb entwarf sie einen weitaus größeren Fragebogen, auf dem die Kinder genügend Platz fanden, die Sachen zu zeichnen, die ihnen gut geschmeckt und die ihnen weniger gut gemundet hatten. Das klappte deutlich besser.

Die Mütter, die an den folgenden Tagen an der Pausenbrot-Aktion teilnahmen, waren ebenfalls mit vollem Einsatz dabei. Diese Herausforderung, den Kindern möglichst gesunde Schnitten zu schmieren, ließ sie zur Höchstform auflaufen. Selbst Gemüsesalate oder ausgefallene Obstkreationen mit Nüssen und Haferflocken standen auf dem Speiseplan einiger Mütter. Am Ende dieser Aktion waren sich alle Kinder einig:

„Auch gesundes Essen kann ganz vortrefflich schmecken!“

(Aber merke: Wertvolle Lebensmittel müssen nicht unbedingt vortrefflich aussehen. Mit der Nahrung verhält sich das in etwa so wie bei uns Menschen. Die Schönsten und die Makellosesten sind nicht automatisch die Besten!)

Durch die vielen Zeichnungen, die die Schüler im Laufe der Zeit angefertigt hatten, blieb das Erlernte viel besser im Gedächtnis hängen. Jeder wusste jetzt, was gesund ist und uns vor unliebsamen Krankheiten schützt. Und das alleine zählt. Sollen doch die blöden Fettsäuren machen, was sie wollen.

Onkel Wilhelm geht ins Krankenhaus

Onkel Wilhelm setzte alle Hebel in Bewegung, um seinen Hausarzt zu überzeugen, dass er krankenhausreif war. Letztendlich verdankte er die Überweisung ins Spital der Tatsache, dass der Doktor zu seinen Skatbrüdern zählte.
Frohgemut stapfte der ach so Kranke ins beste Herrengeschäft am Platz und kaufte sich gleich zehn todschicke Schlafanzüge. Er hatte sich in den Kopf gesetzt, mit den teuren Pyjamas bei den meist jungen Krankenschwestern mächtig Eindruck zu schinden.
Wieder zu Hause, packte er das Nötigste zusammen und bat die Nachbarin, während seiner Abwesenheit die Blumen zu gießen. Das Sensibelchen fragte äußerst besorgt, ob es etwas Ernstes sei. Der alte Herr antwortete nicht, sondern machte stattdessen eine Handbewegung, die alles bedeuten konnte. Wilhelm war so richtig guter Laune, deshalb fuhr er auf dem Weg ins Krankenhaus erst noch bei seinem Lieblings-Italiener vorbei. Dort gönnte er sich eine Seezunge mit Marktgemüse und Reis.
So gestärkt, saß er nun vor der Anmeldung des Spitals und füllte diverse Fragebögen aus. Da er privat versichert war, stand ihm ein herrlich gelegenes Einzelzimmer zu.

Nun musste Onkel Wilhelm die größte Hürde nehmen. Es galt, dem Chefarzt, der Privatpatienten stets persönlich betreute, einen Beweis für seinen schwer angeschlagenen Gesundheitszustand zu liefern. Diesen Arzt kannte er leider nicht und so zog der alte Herr alle Register. Wilhelm schilderte in

dramatischen Worten, dass er in der letzten Zeit mindestens fünfzig Prozent des Tages bewusstlos auf dem Teppich gelegen und in quälend langen Nächten seine Atmung oft stundenlang ausgesetzt habe. Der Mediziner zog ungläubig die Augenbrauen hoch, machte ein paar Notizen und bat Wilhelm, sich für die anstehenden Untersuchungen bereitzuhalten.

Kurze Zeit später betrat Oberschwester Kunigunde das Krankenzimmer. „Ich bin in ein paar Minuten wieder bei Ihnen, machen Sie sich in der Zwischenzeit bitte frei“, sagte sie sachlich

und verschwand. Daraufhin zog sich Wilhelm splitternackt aus.
„Wenn das so weitergeht, brauche ich meine Schlafanzüge gar nicht“, brummte er und pfefferte den „Hingucker“ sodann aufs Bett.
Beim Anblick des Nackedeis fuhr Kunigunde der Schreck in die Glieder. „Darf ich fragen, was das hier werden soll? Ziehen Sie sich sofort wieder an und machen Sie den Oberkörper frei, Betonung auf Oberkörper!“, wiederholte die Schwester ungehalten. Endlich kam wenigstens die Pyjamahose zum Einsatz.
Auf Kunigundes Frage, wie lange in etwa seine Bewusstlosigkeit andauerte, antwortete Wilhelm:
„Vor einigen Wochen war es ganz schlimm, da bin ich frisch rasiert ohnmächtig geworden und mit einem Vollbart wieder aufgewacht.“ Unbeeindruckt von diesem Schmarren begann die Krankenschwester mit ihren Untersuchungen.
Zuerst hörte sie Wilhelm gründlich ab.
„So klapprig bin ich nun auch wieder nicht, dass man es schon hören kann!“, grummelte Wilhelm ärgerlich.
Oberschwester Kunigunde ging gar nicht auf ihn ein, sondern spulte gänzlich unbeeindruckt ihr Programm ab. Zum Abschluss drückte und klopfte sie am ganzen Körper herum.
Wilhelm schrie jedes Mal lauthals auf.
„Mann, es kann doch nicht möglich sein, dass Ihnen alles gleichzeitig wehtut.“

Der alte Herr ließ sich nicht aus der Ruhe bringen.
„Jetzt wissen Sie endlich, wie es in mir aussieht“, klagte er mitleiderregend. Diesen dramatischen Satz hatte er erst kürzlich im Fernsehen aufgeschnappt und benützte ihn seitdem, wann immer es ihm passend erschien.
„Ich bin nicht zuständig, Ihr Inneres auszuleuchten, das übernehmen bei uns die Röntgenologen und jetzt halten Sie bitte den Mund“, flutschte es der entnervten Schwester heraus.
Wilhelm machte zehn Kreuze, als die alte Schraube ihre Untersuchungen abgeschlossen hatte. Schon zum jetzigen Zeitpunkt – er war gerade mal drei Stunden im Krankenhaus – hätte der Haudegen seine Entscheidung am liebsten rückgängig gemacht. Eigentlich war sein Ziel gewesen, bis zum Frühlingsanfang das Krankenhaus unsicher zu machen.
Kunigunde hatte sich so langsam wieder unter Kontrolle und wurde etwas freundlicher.
„Ich schicke Ihnen jetzt Schwester Berta vorbei, die wird Sie dann zu einer weiteren Untersuchung begleiten“, informierte sie Wilhelm .
Seine Frage, ob Berta wenigstens etwas jünger sei, beantwortete die Oberschwester mit einem Achselzucken.

So langsam scheint der Krankenhausaufenthalt doch noch Spaß zu machen

Schwester Berta war zwar auch nicht viel jünger als Kunigunde, jedoch ein ganz warmherziger und liebenswerter Mensch. Onkel Wilhelm schloss sie gleich ins Herz. Zu Beginn plauderten die zwei über rein Privates und stellten fest, dass sie sehr viele Gemeinsamkeiten besaßen. Die Schwester fand Wilhelms Schlafanzug äußerst adrett und wollte es gar nicht glauben, dass er den angeblich vom Kaiser von China geschenkt bekommen hatte.

„Hab mit dem alten Knaben mal eine Nacht im Doppelzimmer verbracht. Da ich mich in seinen Pyjama verliebt hatte, durfte ich ihn behalten", erläuterte Wilhelm ganz cool und ohne rot zu werden. Berta musste durchaus den Eindruck gewinnen, dass der alte Herr in der Vergangenheit sich ab und an mal mit großen Persönlichkeiten das Zimmer geteilt hätte.
„Würden Sie mich bitte begleiten, Herr …"
„Sagen Sie ruhig Onkel Wilhelm zu mir!", unterbrach er die Krankenschwester. Da Berta im Dienst war, fand sie diese Anrede doch etwas zu privat. Erschwerend kam hinzu, dass sie

mit ihm in keiner Weise verwandt war, so bevorzugte sie, ihren Patienten mit Herrn Wilhelm anzusprechen.

Da Krankenhausbetten im Gegensatz zu normalen Betten Räder haben, wollte Wilhelm diese auch nützen.

„Wissen Sie", ulkte er, „während eines Banküberfalls jagte der skrupellose Gangster mir eine Kugel durchs Knie. Eigentlich wollte ich nur 200 Euro abheben, auf die Kugel hätte ich gerne verzichtet. Seitdem habe ich die größten Probleme …, bitte rollen Sie mich zur Untersuchung."

Dass Schwester Berta daraufhin das Knie in Augenschein nehmen wollte, damit hatte Wilhelm zuletzt gerechnet.

„Die Narbe ist aber sehr gut verheilt, man sieht ja gar nichts mehr", stellte sie mit geschultem Blick fest.

„Vielleicht habe ich Ihnen das falsche Knie gezeigt, fahren Sie endlich los!", stotterte Wilhelm verlegen.

Erst die Story mit dem Kaiser, dann die unglaubliche Geschichte mit dem Knie, die Schwester traute Wilhelm nicht mehr so recht über den Weg. Um sich länger den Kopf zu zerbrechen, fehlte ihr jedoch die Zeit, schließlich warteten noch weitere Patienten auf die gute Seele. Berta schnappte sich das Bett

und rollte Wilhelm wie gewünscht aus dem Zimmer. Auf dem langen Flur bat Wilhelm die Schwester, mehr Gas zu geben. „Schneller, Berta, schneller!“, rief er ganz entzückt. Dem alten Charmeur konnte keiner widerstehen, auch Berta nicht. Und so ertappte sie sich, wie sie mit dem komischen Kauz durch die Gänge raste.
Ein herbeieilender Arzt fragte: „Ist das ein Notfall?“
„Nein, nein, kein Notfall, das ist Herr Wilhelm“, hechelte Schwester Berta wie ein Hund und raste weiter.

Im Fahrstuhl gabs eine kleine Verschnaufpause. Danach jagte die Gehetzte erneut die Gänge entlang. Die Patienten, die sich zu diesem Zeitpunkt auf den Fluren aufhielten, sprangen erschrocken zur Seite und schüttelten leicht irritiert den Kopf. Sie wurden nicht ganz schlau aus dieser Situation. Einerseits sah es so aus, als ob der Herr dort auf dem Bett sich in einem äußerst dramatischen Zustand befände, andererseits grüßte der Kerl vergnügt in alle Richtungen. Da die Show gar so komisch war, gingen einige sogar so weit, zu behaupten, dass es sich um eine lustige Einlage des Krankenhauspersonals handle. Berta erreichte ihr Ziel mit Müh und Not und rang nach Luft.

Es dauerte eine ganze Weile, bis Schwester Inge aus der Türe trat und sich um Wilhelm kümmerte. Sie war nun ganz nach dem Geschmack des alten Herren. Jung, blond und sehr hübsch. Noch ganz erschöpft verabschiedete sich Schwester Berta von ihrem Patienten und ließ ihn wissen: „Schwester Inge wird den Rücktransport für mich übernehmen, soviel ich weiß, hat sie schon mehrere Bergrennen gewonnen. Die Sportskanone dürfte mehr Kondition haben als ich.“

Da fehlen einem die Worte

Auf Schwester Inges Frage: „Wie geht es uns denn heute?“, antwortete Wilhelm galant:
„Wenn man so einer hübschen Person, wie Sie es sind, gegenübersteht oder in meinem speziellen Fall gegenüberliegt, gehts einem schlagartig prächtig.“
So hatte sich der alte Herr das Krankenhausleben schon eher vorgestellt. Nach der abgeschlossenen Untersuchung wollte Wilhelm partout nicht mehr zurückgerollt werden, da er befürchtete, diese Transportweise würde ihn zum Tattergreis abstempeln. Wie ein junger Hüpfer stolzierte er neben Schwester Inge her, die die Aufgabe hatte, Wilhelm ins Zimmer zurückzubringen.
„Die Auswertungen werden zwei Tage in Anspruch nehmen, deshalb müssen wir Sie leider noch etwas bei uns behalten“, erklärte Schwester Inge, bevor sie sich verabschiedete.
Was heißt hier „leider“, ging es Wilhelm durch den Kopf. Schön langsam schien ihm die Krankenhausluft doch noch zu gefallen. Das Klinikessen ließ allerdings zu wünschen übrig. Es war so ganz und gar nicht nach seinem Geschmack, zudem erinnerte die Kost stark an Albertinas Kochkünste. Die

Schwestern auf seiner Station hingegen waren alle mächtig bemüht, dem schrägen Vogel jeden Wunsch von den Augen abzulesen. Trotzdem kam bei Wilhelm Langeweile auf.

Er bereute es zutiefst, ein Einzelzimmer genommen zu haben und so kam er auf die fixe Idee, das ganz einfach abzuändern. Der Pfiffikus marschierte von Zimmer zu Zimmer und plauderte mit diesem und jenem Patienten über Gott und die Welt. Hatte Wilhelm den Eindruck gewonnen, dass sein Gegenüber ein lustiges Haus war und vor allem Spaß verstand, rollte er das Opfer dreist in sein Zimmer. Drei zusätzliche Betten fanden locker Platz bei ihm. Von nun an war in Wilhelms Bude ordentlich was los. Ein Witz jagte den anderen. Der schwer kranke Onkel hatte die besten in einem kleinen Büchlein zusammengefasst, so waren sie stets lückenlos abrufbereit.

Jeden Tag um 16 Uhr bestand Schwester Bertas Aufgabe darin, Herrn Klein zur Wassergymnastik zu begleiten. Dass gerade ein Patient nicht auf dem Zimmer weilte, kam schon mal vor. In dem speziellen Fall fehlte nicht nur der Patient, sondern auch sein Bett. In ihren ganzen Berufsjahren hatte die Schwester so etwas noch nicht erlebt. Wen sie auch fragte, keiner wusste, wo Herr Klein und das dazugehörige Bett abgeblieben waren. Ein aufmerksamer Patient wollte dann doch etwas beobachtet haben.

„Ich glaube, ein älterer, glatzköpfiger Krankenpfleger im Pyjama hat den Abgängigen aus dem Zimmer gerollt. Sicher bin ich mir aber nicht; war zu sehr in meine Zeitung vertieft."

Es gab keinen einzigen glatzköpfigen Krankenpfleger auf der Station, schon gar nicht im Pyjama. Diese Tatsache lenkte den Verdacht auf Onkel Wilhelm. Als die Entführung aufflog, bekam Wilhelm großen Ärger. Der herbeigerufene Chefarzt brüllte ihn an:
„Was Sie sich da geleistet haben, ist der Gipfel der Genüsse! Wenn wir jeden Patienten erst eine Stunde suchen müssen, bricht bei uns die Organisation zusammen Ich bin mir nicht mehr so sicher, ob Sie noch alle Tassen im Schrank haben!"
Wilhelm ließ sich nicht aus der Ruhe bringen, ganz im Gegenteil. Das Schlitzohr antwortete schlagfertig:
„Muss ich Ihre Androhung wörtlich nehmen? Haben Sie sich erdreistet, meine Abwesenheit zu nutzen, um bei mir einzubrechen? Oder wie soll ich das mit den fehlenden Tassen verstehen?"
Um sich nicht völlig ins Abseits zu katapultieren, versprach der Witzbold gleich darauf Besserung, doch der Arzt signalisierte mit einer vagen Handbewegung, dass er davon ganz und gar nicht überzeugt war. Ohne sich zu verabschieden oder gar auf Wilhelms Anspielung einzugehen, verließ er das Zimmer.

Nach einem kargen Frühstück marschierte Wilhelm am nächsten Tag lustlos durchs Spital. All die vielen kranken Menschen verbesserten seine Stimmung nicht, sondern er wurde immer unglücklicher. So machte er sich auf den Weg zur Entbindungsstation, dem Ort, wo die Babys auf die Welt kommen. Hier herrschte eitel Sonnenschein. Gerade war Niclas ohne Komplikationen geboren worden. Die Freude war auf allen Seiten riesengroß. Lea, der Wonneproppen der Säuglingsstation, stahl allen die Show. Gerade mal zwei Tage alt, sah sie jetzt schon aus wie ihre Mutter, stellte Wilhelm schmunzelnd fest. Ein stolzer Vater präsentierte ihm seinen zehn Stunden alten Sprössling. Wilhelm meinte trocken: „Hopp, hopp, hopp, der Kleine hat ’nen Eierkopp!“, womit er recht hatte, doch diese Bemerkung hätte er sich sparen können.

Nach langem Warten lagen die Untersuchungsergebnisse vor. Der Chefarzt, der nach dem Vorgefallenen den unmöglichen Patienten nur noch loshaben wollte, kniff die Augen gefährlich zusammen und informierte Onkel Wilhelm.

„Ihnen fehlt rein gar nichts, Sie können sofort nach Hause gehen!"
„Wie können Sie so etwas nur behaupten?", schnauzte Wilhelm zurück. „Mir fehlt einiges, eine gute Haushälterin zum Beispiel!"
Im Schweinsgalopp verließ der Revoluzzer das Krankenhaus.

Der Postbote hat sich angekündigt

Schon ganz früh am Morgen klingelte das Telefon. Der Postbote war am Apparat. Er kam auf das Angebot zurück, einen Tag mit Vati im Wald verbringen zu dürfen. Vati hatte mit dem Anruf gar nicht mehr gerechnet und so war die Freude auf beiden Seiten riesengroß.
„Also dann, Samstag um sieben Uhr bei mir oder ist Ihnen das zu früh?“, fragte der Förster vorsichtshalber.
„Nein, ganz und gar nicht, je früher, desto besser!“, bekam er zur Antwort.
Viele Menschen nehmen sich tausend Sachen vor, finden dann aber nie die Kraft oder die Zeit, ihre Vorhaben zu realisieren. Der Postbote schien nicht zu dieser Kategorie zu gehören.
Vatis Devise lautete: „Überlasse nie etwas dem Zufall, sonst kommst du leicht zu Fall!“ So hatte er auch diesen Samstag perfekt vorbereitet. Das Abenteuer konnte beginnen.

Bereits zehn Minuten früher als geplant stand der Briefträger mit seinen zwei Jungs vor der Türe. Seine Frau hatte er leider nicht mitbringen können, da sie, wie allzu oft, furchtbare Kopfschmerzen ans Bett fesselten. Die Geplagte war froh, dass

ihre drei Männer etwas vorhatten, so konnte sie sich ungestört auskurieren.
Nach einer kurzen Begrüßung ging es dick vermummt los. Die sternenklare Vollmondnacht hatte die Temperaturen ganz schön in den Keller getrieben. Minus 15 Grad. Manch einer steckt bei so einer Kälte die Hände in die Hosentasche, um sie zu wärmen, dann gibt es viele Leute, die lieber gleich schützende Handschuhe anziehen und dann gibt es noch Annemarie. Sie hatte ihre eigene Methode entwickelt. Weil sie sowieso die meiste Zeit mit den Ärmchen in der Höhe umherstolzierte, steckte sie ihre Pfoten ganz unkompliziert unter ihre dicke Wollmütze.

Wie bestellt, trottete schon nach wenigen Minuten ein verschlafener Fuchs aus dem Dickicht hervor, stutzte ein wenig und schlich sich dann wieder davon. Kurze Zeit später rannte der Gruppe ein kleines Rudel Wildscheine über den Weg. Die Städter haben sich mächtig erschrocken. Vati informierte seine Begleiter:
„Die Wildform unseres Hausschweins vermehrt sich so rasant, dass es verstärkt Ärger mit den Bauern gibt. Diese Sauen sind in der Lage, in nur einer Nacht ein bestelltes Kartoffelfeld umzupflügen und somit die Ernte zunichte zu machen."
Kaum hatte Vati den Satz beendet, meldete er sich erneut zu Wort: „Wenn wir jetzt mucksmäuschenstill sind, könnten wir in den Genuss kommen, dass uns ein Luchs die Ehre gibt. Das

sind ganz besonders edle Wildkatzen, man bekommt sie nur selten zu Gesicht, da es sich um sehr scheue Tiere handelt."
Wie versprochen, tauchten schon ein paar Schritte weiter gleich zwei dieser Edelkatzen auf. Die grell leuchtenden Augen sahen furchterregend aus. Der Postler bekams mit der Angst zu tun. So plötzlich die Luchse aufgetaucht waren, so plötzlich verschwanden sie auch wieder. Die Enttäuschung darüber hielt sich bei dem Postboten in Grenzen.

Der Weg führte an einem Hochsitz vorbei. Vati äußerte sich etwas kritisch über die Jäger. Nicht immer war er von ihren Gedankengängen angetan.
Die Fragen seiner Gäste beantwortete der Förster mit großer Geduld und Sachverstand. Er gab sich viel Mühe, alles so zu erklären, dass auch ein Laie in der Lage war, seine Ausführungen zu verstehen.
Am großen Futterstand angekommen, zog der Postbote eine riesige Thermoskanne und Trinkbecher aus seinem Rucksack.

Beides hatte er extra für diesen Tag besorgt. Der heiße Tee heizte ordentlich ein und war eine willkommene Überraschung.
„Wenn wir uns beeilen, erreichen wir noch rechtzeitig die Waldlichtung, auf der sich die Osterhasen gerne im Morgengrauen tummeln“, scherzte Vati. Doch die schienen heute etwas Besseres vorzuhaben. Die Waldwiese lag einsam und verlassen da.

Der kleine Leo konnte nicht mehr. So lange durch den Schnee zu stapfen, das war er nicht gewohnt. Auf Papas Schultern gings munter weiter. Da oben wurde das Kerlchen richtig gesprächig.
„Paps, schau, die Eichhörnchen, da sind schon wieder welche. Warum haben die nicht die gleiche Farbe?“ Der kleine Mann war wie aufgedreht.
„Wenn nichts dazwischen kommt, werden wir in einer guten halben Stunde, also um die Mittagszeit, das alte Torfhäuschen erreichen. Dort erwartet uns dann eine kleine Überraschung“, munterte Vati seine Abenteurer auf.
Was er sich da wohl ausgedacht hatte?

Ein schöner Tag geht zu Ende

Vati verstand nicht, warum nur im Sommer gegrillt wird. Zu jener Jahreszeit ist es ohnehin schon sehr heiß. An einem kalten Wintertag wie diesem bereitete das Gebrutzel doch viel mehr Spaß. So war es nicht verwunderlich, dass ein Lagerfeuer die Herzen erwärmen sollte.
Bereits vor Tagen hatte der Förster dürre Äste und Zweige gesammelt und im Torfschuppen deponiert. Früher durfte in dieser Region Torf gestochen werden, doch das wurde löblicherweise verboten. Solche Feuchtgebiete dienen vielen Tieren und Pflanzen als Lebensraum und wirken bei Hochwasser wie ein Schwamm. So sind derartige Flächen äußerst nützliche Biotope und stehen aus diesem Grund heutzutage unter Naturschutz.

Vor vielen Jahren befanden sich drei Gebäude im Moor. Das größte diente als Lagerhalle, in einem weiteren waren die Geräte untergebracht, in dem kleinsten hauste eine Zeit lang ein Einsiedler. Der menschenscheue Kauz hielt die Gebäude gut in Schuss, doch eines Tages war er spurlos verschwunden. Die Häuser waren sich selbst überlassen. Nur ein Einziges

hat all die Jahre Wind und Wetter getrotzt. Vati nützte es bei Bedarf.
Der kleine Leo erspähte den urigen Schuppen als Erster und war plötzlich gar nicht mehr müde. Pausenlos zerrte der Knirps dürre Zweige aus dem Torfhäuschen und stapelte sie unter Vatis Anleitung zu einem Haufen auf. Die drei Größeren wurden gebeten, aus Haselnussruten handgerechte Holzspieße zu fertigen. Annemarie hatte sich vorgenommen, aus Schnee einen provisorischen Tisch zu bauen, um darauf die feilgebotenen Würste appetitlich anrichten zu können.

Der Postbote fragte sich, wie man aus einem solch großen Wald jemals wieder herausfinden kann. Es gab nirgendwo Hinweisschilder oder dergleichen. Doch das ist keine Hexerei. So wie ein Postbote jedes Haus in seiner Stadt kennt, so kennt ein Förster jeden Baum in seinem Wald.
Als jeder die ihm zugewiesene Aufgabe erledigt hatte, zündete Vati den Reisighaufen an. In den ersten Minuten dienten die lodernden Flammen als Wärmequelle. Kaum waren die Finger der Racker so einigermaßen aufgetaut, bekamen sie ihren vorgefertigten Holzspieß in die Hand gedrückt. Robert forkelte gleich zwei Würste auf einmal auf. Eugen entschied sich für einen Maiskolben und eine Zwiebel. Beides hatte Mutti vorgekocht, es hätte sonst zu lange gedauert, bis das Gemüse gar sein würde.

Leos erster Versuch landete im Feuer. Er hatte wohl sein Würstchen schlampig aufgespießt. Wie sollte es auch anders sein, diese Schussligkeit endete in Tränen. Sein großer Bruder zeigte da schon mehr Geschick. Er teilte die perfekt geratene Bockwurst mit seinem traurigen Brüderchen. Beim zweiten Mal hat es dann auch bei dem kleinen Leo geklappt.

Die Männer ließen sich von ihren Kindern bedienen. Sie unterhielten sich über Borkenkäfer und Fuchsbandwurm, über Holzpreise und Umweltverschmutzung. Erst jetzt wurde dem Postboten so richtig bewusst, dass jeder Einzelne alles nur Erdenkliche tun muss, um die Umwelt zu schützen. Er nahm sich vor, nie mehr sinnlos mit dem Auto durch die Gegend zu

preschen. Auch war er fest entschlossen, ab sofort mit seiner Familie regelmäßige Spaziergänge durch die herrliche Natur zu unternehmen. Denn wer die Natur liebt, der zerstört sie nicht.
Die Restwärme des Lagerfeuers nützte Annemarie, um einen Nachtisch zu zaubern. Alle Mann wurden mit einem köstlichen Bratapfel verwöhnt. Den hatte sie nicht aufgespießt, sondern in Alufolie verpackt in die Glut gelegt. Kurze Zeit später war das Feuer erloschen. Trotzdem warf Vati noch Schnee auf die Asche, denn Vorsicht ist die Mutter der Porzellankiste. Dann packte die Truppe ihre Habseligkeiten wieder zusammen, verriegelte das Torfhäuschen und machte sich auf den Heimweg.

Die drei Städter waren überwältigt von den vielen neuen Eindrücken. Was hatten sie nicht alles erleben dürfen! Wildschweine, Füchse, Luchse und Unmengen von Eichhörnchen. Nur die Osterhasen hatten sich rar gemacht. Und zum krönenden Abschluss das romantische Lagerfeuer.
„Ich weiß gar nicht, wie ich Ihnen danken soll!“, stammelte der Postbote beim Verabschieden.
„Ganz einfach: Wiederkommen! Und bringen Sie beim nächsten Mal bitte auch Ihre Frau mit. Waldluft bewirkt selbst bei Kopfschmerzen wahre Wunder!“

War es ein Ufo oder gar eine Bombe oder keins von beiden?

Ausnahmsweise waren sich die Wetterfrösche mal durch die Bank einig. Alle hatten starken Dauerregen fürs Wochenende vorhergesagt. „Prima!“, meinte Mutti. „Dann können wir am Sonntag endlich mal gemeinsam ganz gemütlich frühstücken.“
Bei schönem Wetter drängte es Vati in den Wald, Annemarie wollte möglichst bald im Sandkasten spielen und die zwei Jungs hatten immer etwas ganz extrem Wichtiges vor.
Bereits am Vortag hatte Mutti den für Sonntag obligatorischen Vanillezopf gebacken und den Tisch fürs Frühstück hübsch eingedeckt. Annemarie steuerte einen dicken Strauß Schneeglöckchen bei, die allerersten in diesem Jahr. Die Frühlingsboten bekamen einen Ehrenplatz auf dem Tisch.

Am Sonntagmorgen brühte Vati den Kaffee auf und Mutti bereitete den Kakao für ihre drei Sprösslinge zu. Aber auch die Kinder machten sich nützlich. Während Annemarie die vielen Orangen auspresste, garnierten Robert und Eugen die Käseplatte mit Radieschen, Kresse und Paprika.
„So stell ich mir einen gemütlichen Sonntagmorgen vor, so friedlich und so harmonisch!“, schwärmte Mutti.

In diesem Moment tat es einen furchtbaren Knall. Kurze Zeit später – die kleine Familie hatte sich noch gar nicht so richtig von ihrem Schreck erholt – knallte es schon wieder ganz gewaltig, gleich zweimal hintereinander. Danach blieb alles ruhig. Natürlich wollten Robert und Eugen gleich nach draußen sausen, um auszukundschaften, was passiert war. Der eine tippte auf ein Ufo, der andere gar auf eine Bombe. „Eine Bombe knallt doch nicht dreimal hintereinander!“, stammelte Mutti noch ganz eingeschüchtert. Annemarie verkroch sich vorsichtshalber unter den Tisch, dem Ort, an dem sie auch bei Blitz und Donner Schutz suchte.

Die Sicherheit der Kinder ging vor, so bestand Vati darauf, erst einmal alleine den Fuß vor die Türe zu setzen.
„Pass auf dich auf und spiel nicht den Helden!“, mahnte Mutti. Sie hätte ihren Mann am liebsten zurückgehalten.

Draußen war alles friedlich, nichts, aber auch gar nichts deutete auf etwas Ungewöhnliches hin. Jetzt durften Robert und Eugen nachkommen.
Eugen griff zum Regenschirm und meinte:
„Ich werde das Ufo schon noch finden.“

Er graste die ganze Gegend ab. Vergeblich! Trotz des Regenschirms war er in kürzester Zeit klitschnass geworden. Auch bei Robert Fehlanzeige. „Bevor ihr euch da draußen noch eine Erkältung holt, kommt lieber wieder in die warme Küche zurück“, forderte Mutti ihre drei Männer auf.
Gerade als die Familie einen zweiten Anlauf nahm, im trauten Heim das Frühstück zu genießen, knallte es schon wieder. Vielleicht nicht gar so laut.
„Irgendetwas stimmt hier nicht, eventuell treibt Wilhelm Schabernack mit uns“, sagte Vati mit einem Lächeln auf den Lippen. Mutti war sich dieses Mal fast sicher, dass der Knall nicht von draußen, sondern aus dem Keller gekommen war. Sie stand auf und riss beherzt die Kellertüre auf. Puuuuh, ein bestialischer Gestank umnebelte sie.

Die Stinkbombe

„Wilhelm, bist du da unten?"
Mutti bekam keine Antwort.
„Wir haben dich durchschaut, komm endlich hoch."

Aber Wilhelm ließ sich nicht erweichen. Vati machte Nägel mit Köpfen. Er knipste das Kellerlicht an und begab sich in die Höhle des Löwen. Genau in diesem Moment explodierte eine weitere Blechdose! Der gesamte Inhalt spritzte Vati ins Gesicht. Da ging ihm ein Licht auf.

„Das hast du nun von deinem Wundermittel!", schnauzte er und wischte sich die Augen aus. Ach du liebes Lieschen! Diese Nachtcreme Marke Eigenbau war bei Mutti ganz in Vergessenheit geraten. Da das Zeug keinerlei Konservierungsstoffe enthielt, musste es zwangsweise anfangen zu gären. Durch den Gärungsprozess hatte die Wunderwaffe gegen Falten einen solch großen Druck in den Eimern aufgebaut, dass die nacheinander explodierten. Vati schloss nicht aus, den Fernsehsender

zu verklagen, so eine Wut hatte er im Bauch. Mutti traf zugegebenermaßen auch eine gewisse Mitschuld. Die Creme sollte gründlich durchziehen, von einer Dauerkonserve war nie die Rede gewesen.
Eine einzige Blechdose hatte noch standgehalten, aber auch die konnte jeden Moment explodieren – der Deckel war schon bedrohlich nach oben gewölbt. Vati brauchte eine lange Stange, um die Stinkbombe zu entschärfen. Robert sauste in den Schuppen und schleppte die längste Latte an, die er finden konnte. Derart ausstaffiert, konnte Vati aus sicherer Entfernung auf die Dose einschlagen. Mit wenig Erfolg. Das Ding bekam ein paar Dellen, aber ansonsten zeigte sich sein Feind unbeeindruckt.
„So ein Mist aber auch, da habt ihr mir was Schönes eingebrockt!", hörte man Vati fluchen.

Da er sich nicht noch mal als Zielscheibe zur Verfügung stellen wollte, schickte er Annemarie ins Kinderzimmer mit der Bitte, ihm einen Kescher zu bringen. Den befestigte er sodann mit einem Wickeldraht an seiner langen Stange. Nun werkelte er solange herum, bis die widerspenstige Blechdose endlich im Netz landete. Der erste Teil der Rettungsaktion war geglückt. Um den Eimer ins Freie zu befördern, musste er durchs halbe Haus getragen werden, da der Keller keine Fenster hatte. Also stellte der Transport ein äußerst riskantes

Unterfangen dar. „Was soll ich bloß machen?“, fragte sich Vati. „Wenn das blöde Teil auf dem Weg durchs Haus explodiert, dann ist auch noch die ganze Wohnung ruiniert!“
Während sich Vati über sein weiteres Vorgehen Gedanken machte, stieg der Druck in der Dose beunruhigend an. So langsam wurde die Situation prekär. Schnellstes Handeln war jetzt angesagt. Vati ließ sich eine alte Wolldecke bringen, schmiss das Teil über den Eimer und sauste mit seinem Fang nach draußen. Geschafft!!! Es dauerte keine zwei Minuten, da explodierte auch dieser Eimer und tat dem Förster somit einen großen Gefallen. Er hatte Glück im Unglück.
Nun konnte es an die Aufräumarbeiten gehen. Im Keller sah es aus wie nach einer Explosion in der Sauerkrautfabrik. An den Wänden, an der Decke, überall klebte die grau-grüne „Stinkecreme“. Durch die Druckwelle der Explosion hatten sich mehrere Regalbretter gelöst. Mengenweise Einmach-Gläser waren in Schieflage geraten und auf den Kellerboden gekracht. Muttis herrliche Himbeeren, die Sauerkirschen, die Blaubeeren, all das schwamm auf der Erde herum, und dazwischen immer wieder unzählige Scherben. Ein Bild des Jammers.

Es dauerte Tage, bis alles wieder in Ordnung gebracht war. Der penetrante Gestank lag noch nach Wochen in der Luft. Mutti hätte sich am liebsten in ein Mauseloch verkrochen,

so peinlich war ihr der Vorfall. „Wie kann ich das nur wieder gutmachen?“, fragte sie Vati schuldbeladen. Der gutmütige Geselle zog das Portemonnaie aus seiner Hosentasche und drückte ihr einen Geldschein in die Hand.
„Kauf dir deine nächste Creme in der Drogerie, mein Schatz!“, sagte er ganz liebevoll und nahm sie in den Arm.

Annemarie und ihre ganz besondere Beziehung zu den Tieren

Annemarie war von einer seltenen Gabe gesegnet. Sie konnte sich mit Tieren unterhalten. Stundenlang saß sie mit Quak und Quaki, ihren beiden Lieblingsfröschen, am Bach und plauderte mit ihnen. Die Kleine pflegte mit vielen Tieren eine enge Freundschaft. Mit Bärchen Brumm zum Beispiel und Entchen Wackelbein. Wuschelschwänzchen, das Eichhörnchen, gehörte auch dazu. Nur Letztere wohnten alle weiter weg. In direkter Nachbarschaft lebten nur die zwei Frösche. Quak sah ganz normal aus, so wie ein Frosch halt aussieht. Quaki hingegen war mit einem Hängeauge auf die Welt gekommen. Durch dieses Merkmal konnte man beide gut unterscheiden. Wer nun glaubt, dass Quaki durch das eigenartige Auge blöd aussah, den muss man eines Besseren belehren. Der „Kerle“ hatte das gewisse Etwas. Anders auszusehen, bedeutet nicht automatisch, hässlich zu sein.

Im Frühjahr, wenn die zwei Frösche langsam aus dem Winterschlaf erwachten, war die Wiedersehensfreude ganz besonders groß. Annemarie musste dann den zwei Schlafmützen genauestens Bericht erstatten. Was hatten sie nicht alles verpasst oder besser gesagt verschlafen. Quak fand es ganz besonders doof, ausgerechnet Weihnachten zu verpennen. Schon der Geschenke wegen. Vom Christbaum lagen ihm ein paar Fotos vor, so konnte er sich wenigstens vorstellen, wie so ein Ding auszusehen pflegt. Quaki hingegen bedauerte zutiefst, dass er regelmäßig die Silvesterknallerei verpasst, an der ja maßgeblich seine Kollegen, die Knallfrösche, beteiligt sind.

Eines Tages suchte Annemarie die zwei Frösche, leider vergeblich. Da sie etwas äußerst Wichtiges mit ihnen zu besprechen hatte, war das besonders ärgerlich. Ihr blieb nichts anderes übrig, als hartnäckig weiter nach ihren Freunden Ausschau zu halten.
Auf ihrer Suche geriet sie in sumpfiges Gelände. In jenem Gebiet umherzustreunen, war äußerst verlockend. Im Frühling blühten dort besonders viele Blumen. Doch Vati hatte ihr strikt verboten, diese Feuchtwiese zu betreten, denn sie war durchsetzt mit kleinen, meist schon von Moosen überwucherten Tümpeln. Nicht selten erkannte man die Wasserlöcher zu spät und schon passierte es. Urplötzlich sank man hüfttief im morastigen Boden ein und konnte sich dann nur noch in den seltensten Fällen aus

eigener Kraft befreien. Als der Kleinen Vatis mahnende Worte ins Gedächtnis kamen, war es bereits zu spät. Sie blieb mit ihren nagelneuen Stiefelchen im Morast hängen und kam nicht mehr vom Fleck.

Annemarie blieb nichts anderes übrig, als sich auf den Bauch zu legen. Vati hatte ihr diesen Trick beigebracht. Um sich schnellstmöglich aus der lebensbedrohlichen Lage zu befreien, robbte die Kleine wie ein Seehund an Land. Das klappte prima. Mann, was hat sie sich gefreut! Das war noch mal gut gegangen. Vor lauter Schreck merkte die kleine Maus gar nicht, dass sie pitschnass war. Ein Stiefel steckte noch im schlammigen Boden. Verzweifelt versuchte sie, ihn mit einem Stock herauszuforkeln, aber das klappte nicht. Da ihr so langsam kalt wurde, musste sie auf einem Stiefel nach Hause hinken.

Als Annemarie tränenüberströmt in die Küche rannte, wusste Mutti sofort, was passiert war. Überall hingen noch Reste vom Moor an ihrer Kleidung. Merrit war heilfroh, dass sich ihre Kleine mit viel List und Tücke hatte befreien können, und so blieb die Standpauke aus.
„Ich steck dich erstmal in die Badewanne und anschließend versüße ich dir das Leben mit Schokopudding, den Stiefel können wir auch morgen noch suchen“, sagte Mutti liebevoll.

Das mit der Suche schien leichter gesagt als getan. Annemarie konnte sich am Tage darauf nicht mehr so genau erinnern, in welchen Ecken sie überall herumgestreunt war. Sie hatte die Frösche einfach überall gesucht und war dabei kreuz und quer durch die Gegend getappt. Die beiden wollten ihr Vorhaben bereits abblasen, da hat Mutti den Stiefel doch noch entdeckt. Er steckte schon bedenklich schief im Morast. Ganz vorsichtig tasteten sich die zwei heran. Aus heiterem Himmel sprang etwas Grünes aus dem Gummischuh.
„Hallo Annemarie!", rief Quaki. „Schön, dass du bei uns vorbeischaust. Wie findest du unsere neue Behausung? Haben uns bereits gemütlich eingerichtet, da regnet es wenigstens nicht rein. So ein Stiefel ist absolut wasserdicht", quakte Quaki hochzufrieden.

Quak und Quaki

Auch Quak war restlos begeistert von dieser neuen Herberge. Weil die zwei Frösche schon langsam in die Jahre kamen, plagte sie so manches Zipperlein. Eine komfortablere Unterkunft kam da wie gerufen. Denn das Laubdach, unter dem die beiden bisher Schutz gesucht hatten, war nicht mehr ganz dicht und so hielten sie schon längere Zeit Ausschau nach einem „seniorengerechten“ Unterschlupf. Annemarie brachte es nicht übers Herz, ihren dicken Freunden ihr neues Zuhause wieder wegzunehmen. Inständig bat sie Mutti um ein Paar neue Stiefel. Da auch Merrit ein gutes Herz besaß und selber sehr naturverbunden war, erklärte sie sich einverstanden.

Nur wenige Tage später probierte Annemarie Stiefel an. Die Wahl fiel auf rot-weiß getupfte Gummischuhe. Dazu bekam sie noch ein Paar weiß-rot getupfte Socken. Somit war der einzelne Stiefel, der noch bei ihr im Zimmer herumlag, mehr als überflüssig. Das brachte die Kleine auf eine fabelhafte Idee. Sie konnte es gar nicht erwarten, nach Hause zu kommen. Doch es half alles nichts, Mutti ließ sich nicht davon abbringen, auf dem Heimweg noch beim Supermarkt vorbeizudüsen, um ihre Vorräte aufzufüllen.

Zwischenzeitlich hatten Quak und Quaki die letzten Arbeiten im neuen Häuschen zu ihrer Zufriedenheit erledigt. So beschlossen sie, zu Annemarie zu hüpfen, um mit ihr zu spielen. „Fein, dass ihr schon da seid!“, rief Annemarie aus dem rollenden Wagen. „Ich wollte euch heute Ausflugsfahrten auf dem Bach anbieten, da könnt ihr mir bei den Vorbereitungen helfen.“
Die beiden Frösche waren sich ganz und gar nicht sicher, ob sie überhaupt seetüchtig sind. Trotzdem klang das Angebot verlockend. Während Annemarie ihr großes Schiff suchte, bastelte Quak aus Stoffresten und Schaschlikspießen kleine Fähnchen. Diese sollten später die einzelnen Haltestellen markieren. Quaki fertigte die benötigten Fahrkarten an. Dabei zeigte er großes Geschick.
Erst nach einer halben Ewigkeit hatte Annemarie das Boot gefunden. Bei dem Tohuwabohu in ihrem Zimmer kein Wunder. Jetzt konnte es losgehen. Quak schnappte sich die Fähnchen, Quaki die Fahrkarten. Auch die Kleine legte Hand an. Sie klemmte sich das Schiff unter den einen Arm, unter den anderen den verbliebenen Stiefel. Sie wollte ihn als Ausflugsbüro nützen. Zuerst wurde der Gummischuh ganz oben am Bach aufgestellt. Wieder halb schräg, es sollte auf keinen Fall hinein

regnen. Quaki legte ein paar Tannenzapfen davor, auf denen konnten die wartenden Gäste Platz nehmen.

Jede Haltestelle musste sorgsam ausgewählt werden. Die anspruchsvollen Passagiere hatten ein Anrecht darauf, dass ihnen etwas Außergewöhnliches geboten wird. An der üppigen Sumpfdotterblumenwiese plante Annemarie den ersten Stopp. Den zweiten Stopp verlegte Quak an den Vergissmeinnichthain, ganz unten an der Bachbiegung befand sich die Endstation. Dort blühten haufenweise Anemonen, die gerne von Fliegen aufgesucht werden. So erwartete die Frösche am Ziel eine deftige Brotzeit. Zu guter Letzt legte Annemarie noch ein großes Stück Rinde über den Bach. Es hatte sich halb rund gewölbt und bot sich geradezu an, in eine Brücke umfunktioniert zu werden.
Quaki besorgte sich die ersten Fahrkarten.
„Bitte zweimal Vergissmeinnichthain, natürlich hin und zurück.“

Die Kleine setzte ihr Schiff auf den Bach und ließ die beiden Frösche an Bord. Damit die ganze Fuhre nicht in Schieflage geriet, musste einer rechts und einer links Platz nehmen und dann hieß es „Leinen los“. Die Fahrt ging vorbei an üppigen Gräsern, auf denen Schmetterlinge schaukelten, ließ die Buschwindröschen links liegen und führte mitten ins Himmelblau der Vergissmeinnicht.
Auf dem Hinweg musste Annemarie eher bremsen, zurück brauchte sie alle Kraft, um ihr Boot gegen die Strömung ziehen zu können. Quak, aber auch Quaki machte Dampferfahren großen Spaß. Im Nu hatte es sich auch bei den vielen anderen Fröschen, die am Bach lebten, herumgesprochen, dass seit neuestem Flusskreuzfahrten im Angebot sind. Bald schon saßen an die zwanzig Frösche auf der Brücke und beobachteten das Treiben. Es dauerte nicht lange, bis die Meute das Schiff stürmte. Gerade als sämtliche Piraten Platz genommen hatten, wurde der Dampfer kopflastig und kippte um. Nur gut, dass Frösche so gut schwimmen können.

Stromausfall

Den ganzen Tag schon warnten die „Radiologen“ vor einem gewaltigen Sturm. Mit Radiologen sind nicht etwa die Personen gemeint, die in der Lage sind, Fotos von unserem Inneren zu machen. In diesem Fall sind die Leute aus dem Radio gemeint. Ein Orkan hatte während der letzten Tage in den Nachbarländern bereits erhebliche Schäden angerichtet und zog jetzt direkt auf Deutschland zu. Vati bangte um seinen Wald. Die Verwüstungen des vergangenen Unwetters waren gerade erst behoben und diesmal sollte es noch viel schlimmer kommen.

Um eventuelle Schäden zu begrenzen, verriegelte Mutti die Fensterläden und schleppte alles, was nicht niet- und nagelfest war, in den Schuppen.

Eigentlich wollte sich Robert mit Lars treffen. Aus Vernunftgründen musste er aber seinen Besuch absagen. Bei Sturm ist es viel zu gefährlich, durch den Wald zu marschieren. Schon ein herabstürzender Ast kann verheerende Folgen haben. Robert hatte nichts Besseres vor, so gesellte er sich zu Eugen und Annemarie. Die beiden saßen auf dem Sofa und schauten in die Glotze. Der Sturm nahm von Stunde zu Stunde zu. Gegen Abend hatte er Orkanstärke erreicht und heulte furchterregend im Kamin. Die Bäume krümmten sich wie Flitzbogen. Viele hundert Tannenzapfen flogen durch die Luft. Leider mussten auch einige Vogelnester dran glauben. Zum Glück waren die meisten um diese Jahreszeit noch nicht bewohnt.

Die Familie saß gerade beim Abendbrot, da blitzte und donnerte es, dass die Fenster klirrten. Wie immer bei Gewitter, verzog sich Annemarie unter den Tisch. Kurze Zeit später saßen die fünf im Dunkeln. „Stromausfall!“ Für solche Fälle hatte Mutti stets Taschenlampen und Kerzen parat. So war bereits nach ein paar Minuten das ganze Haus wieder beleuchtet. Wie gemütlich das wirkte! Das warme Licht der Kerzen verzauberte die ganze Wohnung.

Normalerweise dauert so ein Stromausfall höchstens ein paar Stunden, doch diesmal schien es etwas Gröberes zu sein. Vati versuchte, übers Radio den Grund zu erfahren, doch ohne Strom war das schlecht möglich. Also griff er zu seinem Handy, um bei Wilhelm anzurufen. Er erfuhr, dass die komplette

Stadt „auf dem Trockenen saß". Sämtliche Ampelanlagen funktionierten nicht mehr. Straßenlaternen, Schaufensterbeleuchtungen und die Leuchtreklame waren auf einen Schlag außer Gefecht gesetzt worden. Wilhelm gab zu, dass er sich direkt ein bisschen fürchtet. Den Grund des Stromausfalls kannte auch er nicht.

In der Hoffnung, dass morgen alles überstanden sein würde, verkroch sich die Familie schon ziemlich früh in die Federn.

In der Nacht hatte sich der Sturm etwas gelegt, Strom gab es trotzdem noch keinen. Für Robert begann der neue Tag mit einer freudigen Überraschung. Mutti schickte ihn nicht in die Schule. Sie war sich fast sicher, dass der Unterricht ausfallen würde.

Gestern noch herrschte große Aufregung über den Orkan, den Stromausfall und all die anderen Folgen, die ein derartiges Unwetter mit sich bringt. Heute war die Stimmung umgeschlagen, Friede war eingekehrt. Vati konnte nicht mehr telefonieren und Mutti keine Wäsche bügeln. Robert und Eugen mussten auf ihren Computer verzichten und Annemarie brauchte erst gar nicht zu quengeln, der Fernseher ging sowieso nicht.
Die Familie hatte wieder Zeit füreinander, machte Spiele oder blätterte in einem Buch. Man träumte in den Tag hinein und

hörte den anderen wieder mal zu. Das Radio dröhnte nicht pausenlos. Jeder erfreute sich an dem Knistern des Feuers und dem Ticken der Uhr. Vati fütterte den Kachelofen mit einem Scheit Holz. Mutti legte sich mächtig ins Zeug, um ihre Lieben noch mehr als sonst mit ihrer Kochkunst zu verwöhnen. Die Familie war rundum zufrieden. Speziell die Kinder fanden, dass es viel öfter Stromausfall geben sollte.

„Na ja“, meinte Vati, „in der Stadt ist es nicht ganz so lustig ohne Strom, da haben die meisten Menschen keine warme Stube, geschweige denn die Möglichkeit, warmes Essen zuzubereiten.“ Eugen konnte gar nicht begreifen, wie man unter solchen Umständen in die Stadt ziehen kann.
„Okay, okay!“, sagte Robert, „dann eben kein Stromausfall, ich will doch die armen Städter nicht in die Pfanne hauen. Es besteht ja die Möglichkeit, bei uns ab und an mal klammheimlich die Sicherungen herauszudrehen.“

Na, so was!

Auch am nächsten Tag ließ der Strom noch auf sich warten. Mittlerweile war selbst Vatis Handy der Saft ausgegangen. So wollte er zur Stadt marschieren, um sich persönlich ein Bild von der Lage zu verschaffen. Er hatte die Türklinke noch in der Hand, da stand ihm Wilhelm vis-à-vis, bekleidet mit Pyjama und Morgenmantel.

„Was hat dich denn so eilig aus dem Haus getrieben, dass du noch nicht mal Zeit gefunden hast, dir etwas Anständiges anzuziehen?", fragte Vati belustigt.

„Mein blöder begehbarer Schrank ist nur elektrisch zu öffnen", maulte der alte Herr völlig frustriert.

Ja, ja die Technik, manchmal ist sie ein Segen, manchmal aber auch ein Fluch.

„Du, ich muss los, geh zu meiner Frau, die macht dir erst mal einen steifen Kaffee, in dem der Löffel stehen bleibt, dann sieht die Welt gleich wieder anders aus."

Total verfroren setzte sich der alte Herr an den Küchentisch und genoss die wohlige Wärme. Da die Temperatur in seinem Haus mittlerweile unter zehn Grad gefallen war, musste Mutti ihm anstandshalber eine Bleibe anbieten. Die Kinder fanden die Situation natürlich total lässig. Sie machten schier einen Kopfstand, um sich mit dem Unikum das Zimmer teilen zu dürfen.

Die letzten zwei Tage ohne Strom schilderte der alte Herr in den schillernsten Farben. Obwohl es in der Nacht stockdunkel gewesen war, hatte Wilhelm angeblich alles ganz genau gesehen. Zum Beispiel, dass sein Nachbar in Ermangelung des Lichtes neben das Klo gepieselt habe. Und dass Frau Bullebeiß ihrem Mann eine Ohrfeige verpasst habe, weil er zu spät nach Hause gekommen war. Nichts, aber auch gar nichts schien dem Hellseher entgangen zu sein, auch nicht, dass der steile Zahn in der Nachbarschaft splitternackt durchs Haus gesprungen wäre und dabei ... „Stopp, Wilhelm, stopp, so genau wollen wir das gar nicht wissen!“
Mutti spannte das Lästermaul zur Strafe beim Kartoffelschälen ein. Sie hoffte, die Quasselstrippe durch das monotone Geschnippel etwas zu bremsen. Wenn der alte Herr erst mal in Fahrt war, gabs bekanntlich kein Halten mehr.

Auf halber Strecke kam Vati ein riesiger Kranwagen entgegen. Die Energieversorgung hatte ihn auf den Weg geschickt, um etliche Stromleitungen von umgestürzten Bäumen zu befreien. Vor lauter Aufregung zierte den Fahrer eine knallrote Birne. Vermutlich ist er das erste Mal in unwegsamem Gelände unterwegs gewesen, und so dankte er Gott fast auf Knien, dass Vati sich bereit erklärte, ihm zur Seite zu stehen.

„Ich hab die letzten zwei Nächte durchgemacht!", gähnte der Fahrer total erschöpft. „War schwer was los dieses Mal. Sogar den Kirchturm hat es erwischt. Die Feuerwehr war pausenlos im Einsatz. Dem Himmel sei Dank, dass keine Verletzten zu beklagen sind. Die ganzen Vorwarnungen haben wohl Früchte getragen und das Schlimmste verhindert!"

Im Schneckentempo erreichte der Kranwagen sein Ziel. Vati wurde ganz schön bange. Gleich vier Bäume hatten sich ineinander verkeilt. Einfach war dieses Kuddelmuddel nicht zu lösen.

„Ich hole Verstärkung, alleine schaffen Sie das nicht. Sie kommen in Teufels Küche, wenn Sie auf sich selbst gestellt sind, da muss mindestens noch ein weiterer Kranwagen zu Hilfe kommen. Machen Sie jetzt keinen Fehler!", flehte der Förster.
„Lassen Sie sich ruhig Zeit, ich gönne mir erst mal eine Tafel Schokolade und schlaf eine Runde."

Nach einer knappen Stunde war Vati wieder vor Ort. Zu spät. Der Kranwagen war in Schieflage geraten und hatte sich in der Stromleitung verfangen. Jetzt musste man mit dem Schlimmsten rechnen. Doch der Fahrer schien sich in Luft aufgelöst zu haben. Nach langem Rätselraten stieß Vati auf Fußstapfen im Schnee. Der Kerl musste Richtung Landstraße gelaufen sein. Und das recht zügig. Verletzt konnte er nicht sein. So große Schritte macht kein Verletzter. Warum hatte er es gar so eilig? Jetzt, wo sowieso schon das Kind mit dem Bade ausgeschüttet war? Viele Fragen und keine plausible Antwort. Der Förster wollte ordnungsgemäß die Kripo einschalten, doch irgendetwas, er wusste selbst nicht genau was, hielt ihn zurück.

Sollte er diese Entscheidung noch bereuen?

Schaltjahr

Der 29. Februar ist ein ganz spezieller Tag. Er kommt nur alle vier Jahre vor. Schön wäre es, wenn ihr euch heute selbst ein Märchen ausdenken würdet. Wem das zu schwierig ist, der liest ganz einfach seine Lieblingsgeschichte ein zweites Mal …

… oder aber ihr versucht, folgendes Gedicht auswendig zu lernen:

> Willst du gesund durchs Leben gehen,
> lass fettiges Zeug ganz einfach stehen!
> In Wurst ist ganz viel Fett versteckt,
> Fett, das euren Körper schnell verdreckt!
> Auch den täglichen Fleischgenuss solltet ihr meiden,
> denn zuviel Fleisch lässt den Körper leiden!
>
> Ein Stück Schokolade, das muss sein,
> das finden nicht nur Kinder fein!
> Doch Unmengen von Schoki und Co.
> machen lediglich den Zahnarzt froh!

Haltet süße Getränke stark in Schranken,
euer Körper wirds gleich mehrfach danken!

Obst und Salat
sollten stets uns sein parat!
Es lautet die Devise:
esst ganz, ganz viel Gemüse!
Genauer gesagt, je öfter je besser,
ihr wollt doch sein die klugen Esser!

Käse, Milch und Quark,
machen eure Knochen stark!

Und die Moral von der Geschicht,
bitte, bitte vergesst sie nicht!

Was im März passiert ...

Im März überschlagen sich die Ereignisse:

- Robert und Lars verschwinden spurlos!
- Onkel Wilhelms Küche steht in Flammen.
- Kommt es gar zu einer üblen Keilerei? Warten wir es ab.
- Im März flippt ausnahmsweise Mutti total aus.
- Unser Onkel Wilhelm haut einen Hund nach dem anderen rein.

Auch wer komplett verrückt spielt und eine ganze Menge mehr werdet ihr im nächsten Buch erfahren.

Lasst euch überraschen!